INK REUNITED – WIEDER VEREINT

Montgomery Ink Reihe

CARRIE ANN RYAN

Ink Reunited

MONTGOMERY INK REIHE

von

Carrie Ann Ryan

Als die Männer aus Sassy Bordeaux' Vergangenheit in ihr Studio kommen, muss sie sich dem stellen, was sie zurückgelassen hat und was geschehen könnte, wenn sie ihren Schmerz loslässt und die Zukunft findet, die sie verdient.

Rafe Chavez und Ian Steele erinnern sich an jeden Moment mit Sassy, in dem sie die Augen schließen. Sie sind gegangen, haben Reue, die eine Frau, die sie liebten, und auch den jeweils anderen hinter sich gelassen.

Das Feuer in diesem Dreier war schon immer intensiv, aber jetzt hat es sich in ein rasendes Inferno verwandelt. Wenn die drei Glück haben, werden sie diese Hölle unbeschadet überstehen.

Wenn das Schicksal wirklich auf ihrer Seite ist, werden sie alles überstehen.
Gemeinsam.

Kapitel Eins

„ALSO, ein Schmetterling auf den Hintern oder eine Kobra auf die Hüfte?"

Sassy Bordeaux grinste die gerade achtzehn Jahre alt gewordene Schülerin an und tippte mit einem köstlich apfelrot gefärbten Fingernagel auf ihr Kinn. Die zahlreichen Armreifen, die ihre Handgelenke schmückten, und ein paar der Tattoos auf ihren Unterarmen verdeckten, klimperten bei der Bewegung. Das Geräusch vermischte sich mit dem Echo der summenden Nadeln, der Musik, dem Lachen und Geplauder im Studio.

Das Mädchen vor ihr mochte endlich achtzehn sein, aber sie hatte immer noch das kindliche Gesicht eines Teenagers. Normalerweise hätte sich Sassy nicht eingemischt und jemandem gesagt, dass sie noch nicht bereit für ein Tattoo waren, aber heute konnte sie nicht anders.

Oh, wem wollte sie schon etwas vormachen?

Sassy schritt *immer* ein und nannte die Dinge beim Namen. Es hatte keinen Sinn, zu lügen, nur um ein paar Dollar für das Studio zu verdienen, während der Kunde am Ende mit einem Tattoo wegging, das er gar nicht wollte, oder einem, das nur zu dem Menschen passte, der sie gerne wären.

Sie mochte die Rezeptionistin von Midnight Ink sein, und während die meisten Außenstehenden dachten, ihr Job sei es, lediglich Kaffee zu kochen und Termine zu machen, wussten sie und die Crew es besser. Sie war der erste Anlaufpunkt für die Arbeit der Künstler und die Leinwand der Kunden. Sie nahm diese Aufgabe sehr ernst.

Auch wenn sie an den meisten Tagen wie die Verrückte von New Orleans wirkte, so verschaffte ihr diese Fehlwahrnehmung alle Freiheit, die sie sich nur wünschen konnte.

Denn Sassy wurde von allen unterschätzt. Manchmal sogar von sich selbst.

Okay, das war nun die völlig falsche Richtung für ihre Gedanken.

Sie verdrängte die Erinnerungen, an die sie lieber nicht mehr denken wollte, legte ihre Hand auf den Arm des Mädchens und schüttelte den Kopf.

„Süße, willst du das denn wirklich?", fragte sie und senkte ihre ohnehin schon honigsanfte Stimme fast zu einem Flüstern.

Das Mädchen blickte zu ihr auf und blinzelte. „Äh, ja? Ich meine... Ich bin ja schließlich hier, oder?"

Sassy warf ihr Haar über die Schultern, damit die langen braunen Wellen über ihren Rücken fielen. Heute hatte sie dank ihrer Farbkreide blaue Strähnen. Sie mochte es, die Farbe täglich zu wechseln, und manchmal änderte sie sie auch während ihres Arbeitstags, nur um Leute zu verwirren.

Die Kunden, die sie nicht kannten – und auch einige, die sie kannten –, hielten sie für ein wenig zu verrückt, also bekräftigte sie deren Fantasie und tat nichts, um ihre Meinung zu ändern.

Außerdem waren die Farben *buchstäblich* der Knaller.

„Wie heißt du, Süße?", fragte sie, während sie das Mädchen zu einem der kleinen Sofas im Wartebereich von Midnight Ink führte.

„Hannah. Und du bist Sassy. Ich hab schon von dir gehört."

Als sie sich Hannahs Gesichtsausdruck ansah,

war Sassy sich nicht sicher, ob sie genau wissen wollte, was das Mädchen gehört hatte. Es gab eine Menge Geschichten darüber, wie sie dazu gekommen war, bei Midnight Ink zu arbeiten. Von einer Spionin über eine verlorene Prinzessin bis hin zu einem ehemaligen Model, das aufgrund von Drogen vom rechten Weg abgekommen war – Sassy war schon so ziemlich alles zu Ohren gekommen.

Es war nicht ihre Schuld, dass die Geschichten weiter die Runde machten.

Okay, vielleicht ein bisschen, wenn man bedachte, dass sie keine von ihnen diskreditiert hatte… oder niemandem die Wahrheit über ihre Vergangenheit erzählte.

Niemand brauchte Wahrheit zu kennen, und die Fiktion war ohnehin viel spannender.

Sassy sank in die Kissen der Couch, die sie für das Studio ausgesucht hatte, und unterdrückte ein Seufzen. Verdammt, sie liebte diese Couch. Sie war so weich und plüschig, auch wenn sie nicht so aussah. Das subtile Beige und die dennoch scharfen Kanten und Winkeln passten perfekt zu Midnight Ink.

Der Rest des Studios hatte Holzböden und schwarze Stühle, Tische und Hocker, die unter der warmen Beleuchtung schimmerten. Der kleine

Empfangsbereich, in dem Sassy mit Kunden sprach und die Künstler sich entspannen konnten, war ihr Reich, in dem sie ihre eigene Magie wirken ließ.

Zumindest *hoffte* sie, dass das in diesem Fall so sein würde.

„Also, Hannah, du hast schon viel von mir gehört?", fragte Sassy in einem beiläufigen Tonfall. Sie musste aus ihrem Kopf heraus und in den des Mädchens gelangen. Was zum Teufel war heute mit ihr los?

Hannah verdrehte nur die Augen und biss sich auf die Lippe, als hätte sie es sich anders überlegt. „Naja… Du bist *die* Sassy. Jeder weiß über dich und deine Verbindung zu Midnight Ink Bescheid."

Sassy unterdrückte ein Kichern. Offenbar war ihr Name nicht nur ein Name, sondern auch ein Titel. So besonders war sie also.

„Nun, ich *bin* die Sassy, aber das spielt jetzt nicht wirklich eine Rolle, oder?" Als Hannah sie mit einem leeren Blick anstarrte, musste Sassy sich beherrschen, die Babysprache zurückzuhalten, in die sie automatisch verfallen war. Verdammt, dieses Mädchen war jung. „Warum willst du dieses Tattoo?"

„Weil ich achtzehn bin und es mein Recht als Erwachsene ist." Hannah zog einen Schmollmund, der deutlich verriet, dass ihre Worte gelogen waren – zumindest die letzte Hälfte.

Eine Erwachsene? Mein Gott, die wurden heutzutage immer jünger. Okay, Sassy war erst zweiunddreißig, in mancher Hinsicht selbst noch ein Baby, aber sie hatte genug gesehen, um sie eher als Erwachsene zu qualifizieren als diese unschuldige, kleine Teenagerin.

„Okay, ja. Tattoos sind dein Recht, jetzt da du achtzehn bist, Süße. Du musst aber bedenken, dass Tinte dein ganzes Leben lang hält. Es ist nichts, was man als selbstverständlich ansehen sollte. Ja, eine Kobra auf deiner Hüfte würde super aussehen. Ich habe sogar schon welche gesehen, die sich so schön um den Körper wickeln, dass sie ein Kunststück für sich sind. Aber Hannah, wenn du dir das zulegst, muss es etwas bedeuten, das über den Wunsch hinausgeht, zu beweisen, dass du älter bist als du aussiehst.“

Dem schuldbewussten Blick auf Hannahs Gesicht nach zu urteilen, hatte Sassy den wahren Grund für die Rebellion des Mädchens gefunden.

Es hatte keinen Sinn, jetzt aufzuhören, denn es bestand nicht die geringste Chance, dass einer der Künstler diese jungfräuliche Haut heute noch tätowieren würde. Hannah war eindeutig noch nicht bereit und Midnight Ink ignorierte solche Tatsachen nicht.

Das machte sie zu dem Studio, das sie waren.

„Schatz, geh nach Hause und denk noch einmal darüber nach, ob es wirklich das ist, was du willst.“

„Aber ich will ein Tattoo“, murmelte Hannah.

Sassy nickte. „Ja, das glaube ich auch, und ich denke, dass alles, was wir dir stechen, wundervoll aussehen wird. Unsere Künstler rocken, Süße, und sie werden dafür sorgen, dass du fantastisch aussiehst. Aber im Moment? Nein. Es ist nicht das, was du brauchst. Warte, bis du bereit bist, etwas für *dich* zu tun, und nicht etwas, von dem du denkst, dass du es für *sie* brauchst.“

Das Mädchen atmete aus und fuhr sich mit einer Hand über das Gesicht. „Ich schätze, es war ziemlich dumm, ohne eine Idee herzukommen.“

Sassy streckte einen Arm aus und drückte Hannah kurz. „Nein, Schatz. Tatsächlich hättest du es nicht besser machen können. Jemand anders hätte vielleicht nicht auf das gehört, was du *brauchst*, sondern auf das, wovon du behauptest, es zu *wollen*.“

Hannah grinste zu ihr auf und sah dabei viel jünger aus als ihre achtzehn Jahre, wenn das überhaupt möglich war. „Ich schätze, deshalb nennt man dich *die* Sassy. Du weißt alles."

Sassy warf den Kopf zurück und lachte. „Oh, ich wünschte nur, es wäre so. Aber es macht Spaß, so zu tun. Jetzt lass mich dir eine Karte geben, falls du dich entscheidest, mit einer deutlichen Vorstellung wiederzukommen. Wenn du das tust, werden wir dir einen geeigneten Künstler finden. Ich denke, Shep oder Rosie würden gut zu dir passen."

Hannah senkte ihren Kopf und wurde rot. „Shep ist der wirklich heiße Typ mit den Tattoos auf seinen Armen und Schultern in der Ecke, richtig?"

Sassy unterdrückte ein Lachen und blickte in die Ecke, wo Shep selbst ein Grinsen unterdrückte. Offenbar hatte er Ohren wie eine verdammte Katze.

„Ja, Schätzchen, das ist Shep. Er ist vergeben, aber es ist trotzdem schön, ihn anzusehen und ein wenig zu träumen."

Caliph, der Kerl, der einem Schrank glich und Sheps bester Freund war, stieß ein Lachen aus, woraufhin Hannahs Wangen noch roter wurde. Sassy blitzte den Mann an, der ihren Blick mit einem reuelosen Grinsen erwiderte, und entließ Hannah dann mit gutem Gewissen nach draußen.

Mit geschmeidigen Schritten glitt sie zu Caliphs Station hinüber. Der Schwung in ihren Hüften erweckte den falschen Anschein, als würde sie ziellos durch den Laden schlendern. Sie hob einen Finger und fuchtelte damit vor dem Gesicht ihres Kollegen herum.

„Ich kann nicht glauben, dass du sie ausgelacht hast! Sie ist nur ein verknallter Teenager."

Caliph neigte den Kopf und hatte immerhin den Anstand, ein wenig beschämt auszusehen. Ein wenig. „Tut mir leid, Sass. Es war die Vorstellung, dass *du* über den guten alten Shep fantasierst, die mich zum Lachen gebracht hat, nicht das kleine Mädchen, das noch ein paar Jahre brauchen wird, bis sie ein gutes Motiv im Kopf hat."

Sassy atmete geräuschvoll aus und klopfte ihm dann auf die Schulter. „Ich hätte gedacht, dass du, seit du Jennifer gefunden hast, nicht mehr so ein ahnungsloser Rohling bist, wenn es um Mädels geht."

„Hey, lass ihn in Ruhe, Sass", warf Shep ein, der sich an die beiden herangeschlichen hatte. „Er hat es nicht böse gemeint, und Hannah hat gelächelt, als sie hier rausgegangen ist. Warum machst du einen Elefanten aus einer Mücke?"

Sassy blinzelte und trat einen Schritt zurück.

Naja, ihre Reaktion war in der Tat übertrieben gewesen. Alle lachten und scherzten hier miteinander. Das war ihr normaler Umgang. Sie waren wie eine Familie und nahmen sich oft gegenseitig auf den Arm. Was zum Teufel war nur los mit ihr? Und warum hatte sie sich diese Frage in so kurzer Zeit mehr als einmal gestellt?

Vielleicht brauchte sie eine Pause. Oder einen Mann.

Ne, über den letzten Punkt würde sie nicht nachdenken.

Sie tätschelte Caliphs Wange und wartete, bis er sich zu ihr heruntergebeugt hatte, gab ihm einen kleinen Schmatzer auf die Wange und seufzte. „Tut mir leid, Schatz. Ich glaube, ich brauche einfach ein Nickerchen." Oder Sex.

Hör auf, Sassy.

Als Shep sie mit schmalen Augen anblickte, wusste sie, dass er ihr kein Wort glaubte, aber sie ignorierte es. Ihre Freunde – so sehr sie sie auch liebte – brauchten nicht alles über sie zu wissen.

„Du solltest nach Hause gehen, Sass", warf Shep ein. „Wir haben nicht so viel zu tun, und wenn du sagst, dass du Ruhe brauchst, dann nimm sie dir." Er zog sie in eine Umarmung, und sie atmete seinen würzigen Duft ein, der in ihr keine anderen Gefühle wachrief, als es ein Bruder tun würde. „Wir lieben dich, Babe. Du hast dich um uns gekümmert, also ist es jetzt an der Zeit, dass du auch mal an dich denkst."

Sassy zog sich zurück und zwang sich zu einem Lächeln. *Verdammt nochmal.*

Sie wusste das, und doch war der Gedanke, an sich selbst zu denken, überhaupt erst der Grund dafür, dass sie in diesem Loch steckte.

Okay, *das* war also mit ihr los.

„Shep, Schätzchen, du musst dir um Sassy keine Sorgen machen."

Er grinste nur. Seine Augen tanzten, was Sassy sich erhofft hatte, als sie von sich in der dritten Person sprach.

„Es macht mir Angst, wenn du von dir selbst in der dritten Person sprichst. Das weißt du doch, oder?"

Sassy nickte und ihr Haar fiel ihr wieder über ihre Schultern. Meistens konnte sie es nicht dazu bewegen, das zu tun, was sie wollte. Es schien ihrem Haar zu gefallen, noch freier zu sein als sie selbst. „Deshalb tue ich es ja auch, mein Lieber, und jetzt mach dich wieder an die Arbeit mit deinem Kunstwerk. Caliph, da schläft jemand auf deiner Bank. Wie er während dem Tätowieren einschlafen konnte, wird mir auf ewig ein Rätsel bleiben."

Der große Mann grinste und beugte er sich hinab, um ihre Wange zu küssen. „Meine Hände sind einfach so sanft." Er wackelte mit den Augenbrauen, während Shep neben ihm Würgegeräusche macht.

Jungs…

Sie wurden nie erwachsen, selbst wenn sich einer von ihnen schnell der großen Vierzig näherte.

„Du bist eine Plage, aber ich bin froh, dass Jennifer dich hat. Geh wieder an die Arbeit. Shep? Vergiss nicht, dass du Shea für ihr nächstes Tattoo herbringen musst."

Shep lächelte so breit, dass jeder im Umkreis von drei Blocks sehen konnte, wie verliebt er in die Frau war, die mehr Kunst auf ihrem Körper brauchte. „Das werde ich, keine Sorge. Sie kann wegen ihrer Arbeit nichts an den Armen oder Unterschenkeln haben – zumindest im Moment –, aber sie überlegt sich gerade ein Motiv für die andere Seite ihrer Hüfte."

Shea hatte Shep bei Midnight Ink kennengelernt, als sie sich dort hatte tätowieren lassen, und weil das Schicksal so ein toller Komplize sein konnte, hatten die beiden sich ineinander verliebt.

Tatsächlich schien es, als läge bei Midnight Ink die Liebe in der Luft. Es war erst etwa einen Monat her, dass das letzte der Turteltäubchen seinen Partner gefunden hatte. Insgesamt acht Paare – in Elis Fall ein Dreier – hatten seit Anfang des Jahres zusammengefunden.

Sassy erinnerte sich gern daran, dass sie bei jedem dieser Fälle ihre Hand im Spiel gehabt hatte.

Nun, wenn man es ganz genau nahm, hatte sie in der Tat jedem einzelnen dieser Paare dabei geholfen, durch die trüben Gewässer der Liebe zu waten. Schließlich bestand nicht immer alles nur aus Regenbögen und Einhörnern. Die beste Art von Liebe und Glück gewann man nach Zeiten, in denen man als Paar dafür arbeiten und seinen Weg finden musste. Jedes der Paare, das sich bei Midnight Ink begegnet war, hatte seine ganz eigenen Herausforderungen hinter sich und freute sich nun auf eine strahlende Zukunft und ein Happy End.

Das bedeutete aber nicht, dass Sassy das auch zustand.

Sie schloss die Augen und atmete tief durch die Nase ein.

Nein, daran würde sie nicht denken.

Sie würde nicht an *sie* denken.

Sie hatte so lange nicht mehr über ihre Vergangenheit nachgedacht und diejenigen, die sie zurückgelassen hatte, dass sie jetzt nur noch eine ferne Erinnerung waren. Sicher, der bittere Geschmack des Bedauerns lag hin und wieder immer noch auf ihre Zunge, aber er beherrschte ihr Leben und ihre Entscheidungen nicht… Zumindest redete sie sich das ein.

Kopfschüttelnd ging sie zu ihrer Station und machte Kaffee, aber keinen gewöhnlichen. *Oh nein.* Sie hatte ein besonderes Talent dafür, und das Team von Midnight Ink wusste es. In einer Stadt, in der es vor dekadenten Kaffeesorten geradezu wimmelte, standen Sassy die besten Zutaten zur Verfügung, die man in die Hände bekommen konnte.

Na also! Das war doch etwas Leichtes und Entspanntes, über das sie nachdenken konnte. Kaffee. Woran konnte sie sonst noch denken, das nichts mit Schmerz und Reue zu tun hatte?

Vielleicht brauchte sie mehr Kunst auf dem Körper.

Sie sah die Spiralen und Blumen, die ihre Arme bedeckten, und lächelte. Ja, mehr Tinte war definitiv der richtige Weg. Sie hatte ein paar Werke auf ihrem Rücken und an den Seiten, und wusste, dass es noch viel Platz für mehr gab.

Aber wer würde sie tätowieren?

Es war ihr Ziel gewesen, von jedem Künstler bei Midnight Ink ein Tattoo zu bekommen, und bis jetzt hatte sie jeden mindestens einmal erwischt. Rosie hatte sogar mehrere Sitzungen mit ihr gemacht. Da die Frau ihre beste Freundin war, ergab das auch Sinn.

Vielleicht würde sie Shep bitten, an ihrer Hüfte zu arbeiten. Der Mann wusste genau, was man mit Kurven anstellen konnte, wenn es um Tinte ging. Sie grinste, als sie an Shea dachte. Okay, vielleicht wusste er auch in anderer Hinsicht, was man mit Kurven machen konnte, aber das ging sie nichts an.

Es war ihr auch egal.

Das Telefon klingelte und Sassy setzte sich in Bewegung, um den Hörer abzuheben. „Midnight Ink, Sassy am Hörer. Sie wünschen es, wir stechen es.“

Der Anrufer schnaubte und Sassy musste grinsen. „Wünschen? Lieber Gott, Sass, du übertreibst es.“

„Odalia!“ Sassy strahlte, als sie die Stimme ihrer Freundin hörte. „Ich bin so froh, dass du anrufst. Kommst du zu einer weiteren Sitzung mit deinem heißen Bad Boy?" Odalia und Jacques waren eins der Paare, die sie in letzter Zeit zusammengebracht hatte, und sie hätte sich nicht mehr für die Polizistin und den Kopfgeldjäger freuen können.

„Da ich vorhabe, Rosie ein paar Stücke fertigmachen zu lassen und ich mich dafür teilweise ausziehen muss, wird Jacques dabei sein, ja." Sassy konnte das Grinsen der anderen Freu praktisch durch das Telefon sehen. „Du weißt doch, wie gerne er mich bis auf die Haut auszieht."

„Ich habe keinen Zweifel, dass es dir auch gefällt, Süße. Jetzt lass mich in meinem Terminkalender nachsehen. Hast du ein bestimmtes Datum im Kopf?"

Sie legten eine Zeit fest, die Sassy mit Bleistift eintrug. Schlussendlich würde Rosie den Termin bestätigen müssen. „Kommst du zu unserer Party in zwei Wochen?", fragte Sassy und meinte damit die Valentinstag-Party des Studios.

Sie veranstalteten an bestimmten Feiertagen gerne eigene Partys, und da die gesamte Crew verliebt zu sein schien, war es nur angemessen. Sie würde nicht wirklich am Valentinstag stattfinden, da die meisten an diesem Tag mit ihrer besseren Hälfte feiern wollten, aber nach dem Motto konnten sie

Snacks und Getränke anbieten, und diejenigen, die nüchtern waren, könnten sich tätowieren lassen.

„Jap. Du weißt, dass wir dich und das Studio lieben, Maus."

Sassy öffnete den Mund, um etwas zu erwidern, hielt aber plötzlich inne.

„Sassy", sagte die tiefe, schmerzlich vertraute Stimme.

Sie blinzelte, traute ihren Augen kaum. „Rafe."

„Und was ist mit mir?" Eine andere, ebenso vertraute Stimme ertönte direkt neben Rafe, und Sassy schluckte schwer.

„Ian." Sie schüttelte den Kopf. „Was … macht ihr zwei hier?"

Sie hätte schwören können, dass alle anderen im Studio wie versteinert waren und nicht einmal mehr atmeten. Es war, als wüssten sie, dass etwas hier ganz und gar nicht stimmte, und doch keine Ahnung hatten, was sie dagegen unternehmen sollten.

Sassy wusste nicht, was sie dagegen tun sollte.

„Wir sind wegen einer Tätowierung hier", antwortete Rafe.

„Und deinetwegen", fügte Ian hinzu.

Damit fiel ihr das Telefon aus der Hand und

alle klaren Gedanken verflüchtigten sich aus ihrem Kopf.

Ihre Vergangenheit war zurückgekehrt und stand direkt vor ihr. In all ihrer sexy Pracht und wilder Entschlossenheit.

Egal, was sie tat, sie hatte das Gefühl, dass sie Ian und Rafe nicht wieder loswerden würde.

Es hatte zuvor schon nicht funktioniert.

Und dieses Mal würde es auch nicht funktionieren.

Oh, Scheiße!

____

Kapitel Zwei

„NICHTS ZU SAGEN, Sass?", fragte Rafe Chavez. Seine Worte klangen viel ruhiger, als er sich in diesem Moment fühlte.

Er konnte immer noch nicht glauben, dass er dort stand, neben dem Mann, der ihn verlassen hatte, und vor der Frau, mit der es ihm ebenso ergangen war. Ein Jahrzehnt war vergangen, aber in diesem Moment, hier im Studio, fühlte es sich an, als wäre es nicht länger her als ein paar Augenblicke.

Sie waren damals andere Menschen gewesen – das bezweifelte er nicht –, aber verdammt, jetzt war er hier und bereit, sich der Hölle zu stellen und zu tun, was er tun musste, um seinen Plan zu verwirklichen.

Sie blinzelte zu ihm auf mit diesen großen braunen Augen, in denen er sich einst ohne Hoffnung auf Entkommen verloren hatte. Seine Finger sehnten sich danach, die durch ihre kastanienbraunen Locken zu streichen, die über ihre Schultern fielen und sich unter ihren Brüsten ringelten. Es war so typisch Sassy, dass sie ein paar blaue Strähnen in ihrer Mähne hatte, die ganz klar sagten, dass sie etwas Besonderes war.

„Ihr solltet nicht hier sein", hauchte sie. Rafe unterdrückte ein Fluchen.

Am Telefon hatte sie noch gelächelt und gelacht, aber jetzt sah sie blass und zittrig aus. Daran waren er und Ian schuld, aber Rafe wusste, dass er es wieder tun würde, wenn es bedeutete, dass sie haben konnten, was sie brauchten.

Auch wenn die zwei anderen es noch nicht wussten.

Er brach den Augenkontakt mit Sassy nicht ab, obwohl er gern einen Blick auf Ian geworfen hätte. Wenn Rafe mit seiner Annahme richtig lag, dann starrte Ian Sassy auch an, ohne zu wissen, was er tun sollte. Er konnte sich gut vorstellen, wie der Mann, der nur ein paar Zentimeter größer war als er, Sassy mit seinen stechend blauen Augen ansah, die Gesichtszüge gemeißelt, sein rabenschwarze Haar mit einem Lederriemen zurückgebunden.

Rafe hätte gerne mehr über den Mann an seiner Seite nachgedacht, aber er wusste, dass dies weder die richtige Zeit noch der passende Ort dafür war.

Jetzt ging es nur um Sassy.

Wenn sie sie dazu bringen konnten, mit ihnen zu reden, hatten sie vielleicht eine Chance. Da Sassy aussah, als würde sie gleich davonlaufen, setzte er nicht viel Vertrauen in den ersten Teil ihres Plans.

Scheiße.

„Sassy?", fragte Ian, seine Stimme tief und randvoll mit dem eleganten Charisma, das Rafe immer heimlich geliebt hatte.

Sie schüttelte den Kopf und richtete ihre Schultern auf. So sehr es ihm auch gefiel, wenn sie gleichzeitig sexy und wütend war, wäre es ihm viel lieber gewesen, wenn sie nicht geschrien hätte… und das war es, was sie gleich tun würde.

„Was zum Teufel macht *ihr* zwei hier?", schrie sie.

Jap, beim ersten Mal richtig eingeschätzt.

Rafe riss seine Augen von ihrem Gesicht los und riskierte einen Blick auf die Leute, die hinter Sassy erschienen waren. Die meisten der Kerle waren größer als er und Ian, und das –das bedeutete schon etwas. Ihre Blicke verhießen nichts Gute. Tod und Verderben.

„*Cariña*, können wir unter vier Augen reden?", fragte Rafe.

Als er sie so nannte, verengte sie ihre Augen und schürzte die Lippen. „Nenn mich nicht so. Dazu hast du kein Recht."

Während er ihre Wut verstand und wusste, dass er sie verdient hatte, musste er sich mit all seinen Kräften davon abhalten, sie daran zu erinnern, dass *sie* ihn verlassen hatte.

Aber diese Diskussion könnten sie zu einem späteren Zeitpunkt führen.

„Es tut mir leid." *Gelogen.* „Wir sind nur hier, um zu reden und uns tätowieren zu lassen. Das ist die Wahrheit."

Sie schnaubte. „Von allen Läden New Orleans kommt ihr ausgerechnet in meinen?"

„Stimmt etwas nicht, Sass?", fragte einer der Kerle, der hinter Sassy auftauchte. Er legte seine Hand auf ihre Schulter, und Rafe musste sich beherrschen, den Kerl nicht anzufahren, aber er dachte an Ian und die berauschende Frau vor ihnen.

Ein anderer Mann, der noch größer war als der erste, stellte sich auf ihre andere Seite. Er verschränkte seine kräftigen Arme vor seiner noch breiteren Brust und starrte sie an.

Scheiße, er wollte hier im Studio nicht in eine Schlägerei geraten. Davon hatte er schon als Teenager genug gehabt, und außerdem glaubte er nicht, dass Sassy das gern sehen würde.

„Sollen wir uns um die beiden kümmern?", fragte der größere Mann. Gefährliche Versprechen lagen in seiner Stimme.

Sassy drehte sich auf dem Absatz um und stemmte ihre Fäuste in die Hüften. „Wie bitte? Seit wann brauche ich euch zwei, um meine Kämpfe auszutragen? Ich bin nicht irgendein wehrloses Mädchen, das einen weißen Ritter braucht, um den Drachen zu erschlagen. Ich werde meine Drachen verdammt nochmal selbst erschlagen." Sie blickte über ihre Schulter zu Rafe und Ian. „Oder was auch immer die beiden sind."

Der erste Mann lächelte sie freundlich an. „Sass, Schatz, wir passen nur auf dich auf. Wir wissen, dass du auch alleine klarkommst, aber das heißt nicht, dass du das musst."

Sassy stieß einen lauten Atemzug aus, und Rafe ahmte sie nach. Er hatte Angst vor dem, was sie gleich sagen würde. Er wusste, dass es Sassy nie gefallen hatte, als verletzlich betrachtet zu werden. Dass er und Ian so hereingekommen waren und sie überrascht hatten, war ein gewagter Zug gewesen, und im Nachhinein kein allzu kluger.

Er hatte einfach nicht gewusst, was er sonst hätte tun können.

„Alles in Ordnung, Shep." Sie tätschelte seine Wange und drehte sich zu dem größeren Kerl. „Danke, dass ihr meine Ehre verteidigt habt, Caliph. Da ich jetzt eine Szene gemacht habe, obwohl ich normalerweise nur zu meinen eigenen Bedingungen eine mache, werde ich mit diesen beiden … *Herren* anderswo reden."

Rafe wollte triumphierend die Faust ballen, hielt sich aber zurück, als er Ians Blick begegnete. Seine Lippen zucken, er reagierte jedoch ansonsten nicht auf Sassys Worte.

Nun, das war besser als nichts.

„Wenn du dir sicher bist, Sass", brummte Shep.

„Bin ich. Sie werden mir nicht wehtun."

Rafe hörte den seltsamen Ton in ihrer Stimme und wusste, was sie dachte. Sie hatten sich vor all den Jahren gegenseitig verletzt, aber jetzt ging es darum, all das zu überwinden.

Das musste es.

„Wir sind wirklich wegen Tattoos gekommen", warf Rafe ein, um die Spannung etwas zu lindern.

Sassy wandte sich ihnen zu und hob eine Augenbraue. „Oh, ich habe keinen Zweifel, dass das eine eurer Absichten war. Jetzt will ich wissen, was eure anderen sind."

Damit bewegte sie sich um den Empfangstisch herum, hob ihre Tasche auf und ging an ihnen vorbei. Das sexy Wackeln in ihrem Schritt ließ ihre Hüften hin und her schwingen.

Verdammt, er hatte es vermisst, sie gehen zu sehen.

Er ignorierte die Blicke von Shep, Caliph und den anderen im Laden, und drehte sich um, um Sassy aus der Tür zu folgen. Er hörte, wie Ian etwas murmelte.

„Ich weiß nicht, wer Sie sind, aber wenn Sie Sassy etwas antun, werden Sie es bereuen", sagte Shep, bevor Rafe auch stehenblieb.

Er blickte über seine Schulter und nickte leicht. „Wir wollen ihr nichts tun."

„Dann seid keine Idioten", fügte Caliph hinzu.

Rafe warf einen letzten Blick auf die Männer, die Sassy verteidigt hatten, dann folgte er der Frau aus der Tür hinaus und auf die Straße.

Midnight Ink lag direkt an der Canal Street,

und da es draußen gerade dunkel wurde, füllten die Restaurant- und Bargäste die Straßen. Es war Februar und etwas kühl, aber nichts im Vergleich zu den Temperaturen in New York, wo er die letzten zehn Jahre verbracht hatte.

Sassy blieb vor ihnen stehen und drehte sich um, ihr Gesicht ausdruckslos. „Ich weiß nicht, warum ihr hier seid, und sagt mir nicht, dass es wegen eines Tattoos ist. Wir wissen alle, dass das nur ein Trick war, um mit mir zu reden. Auch wenn ihr wirklich neue Tinte wollt." Sie fluchte. „Okay, ich bin jetzt hier. *Nur für dieses Gespräch.* Ich laufe nicht mehr vor meinen Problemen davon, also werden wir zu mir gehen und das klären, damit ich mich um meine Angelegenheiten kümmern kann. Ich mag es nicht, mein vergangenes Privatleben auf der Arbeit oder in der Öffentlichkeit zu besprechen. Und das ist es, was ihr beide seid. Vergangenheit."

Ihre Worte hätten die meisten Männer verletzt, aber Rafe wusste, dass es bei ihm und Ian anders war. Sassy schlug um sich wie ein verängstigtes Kätzchen, wenn man sie in die Enge trieb. Oh, er würde nicht klein beigeben. Dieses Kätzchen hatte Krallen, aber verdammt, er hatte es vermisst, wie sie schrie und tobte.

Ja, er war verrückt, aber mit dieser Tatsache

hatte er schon lange seinen Frieden gemacht.

Zu ihr nach Hause zu gehen, wäre eine süße Qual für ihn, denn alles, was er tun wollte, war, seine Arme um sie zu schließen und nie wieder loszulassen.

Er war kein Tier – wenigstens kein totales –, also würde er sich davor hüten, etwas so Dummes zu tun, wie vor ihr in die Knie zu gehen und um Vergebung zu bitten.

Das war allerdings der Ersatzplan.

„Das klingt vernünftig", stimmte Ian mit seidenweicher Stimme zu. Der Mann war wie Frost. Kalt und einzigartig verlockend für andere. Rafe wusste, dass er auftauen konnte, um die feurige Leidenschaft zu offenbaren, in die Sassy und er sich verliebt hatten.

Rafe musste nicht nur den fransigen, löchrigen Stoff der Beziehung zu Sassy flicken, sondern auch die Verbindung, die er mit Ian gehabt hatte.

Er hatte vor zehn Jahren so viel verloren, und er wollte verdammt sein, wenn er jetzt aufgeben würde.

„Natürlich ist es vernünftig", zischte Sassy. „Es ist *mein* Plan." Sie schloss die Augen und rieb sich die Schläfen. Rafe hielt sich zurück, ihr anzubieten, dabei zu helfen. „Ich muss mich euch stellen. Wir sind erwachsen, aber ich höre mich an wie eine Heranwachsende, die ihre Edward-Puppe verloren hat." Sie zuckte mit den Schultern. „Bringen wir es hinter uns."

„Bist du mit dem Auto da?", fragte Rafe. Obwohl Ian und er über genug Geld verfügten, um Privatdetektive zu engagieren und mit einem Fingerschnippen Daten über Sassy abrufen zu können, hatten sie das nicht getan. Sie wollten auf eigene Faust mehr erfahren. Auf einer Augenhöhe bleiben.

Was sie anging, hatte Sassy immer die Oberhand, aber das war eine andere Sache.

Sie schüttelte den Kopf als Antwort auf Ians Frage. „Nein, Ich wohne in der Nähe, und wenn es spät wird, bringt mich einer der Jungs nach Hause."

Rafe knirschte mit den Zähnen. So sehr es ihm auch gefiel, dass Sassy spät in der Nacht nicht alleine unterwegs war, er hielt wenig davon, dass sie andere Männer erwähnte. Sie mochte ihm seit zehn Jahren nicht mehr gehören, aber das bedeutete nicht, dass er es schätzte, von den anderen Männern in Sassys Leben zu hören.

Verdammt nochmal, er musste aufhören, sich wie ein Neandertaler zu benehmen.

Da sie zusammen mit Ians Auto gefahren

waren, ließ Rafe ihn entscheiden, was sie tun würden.

„Wir lassen unser Auto hier stehen, wenn es sicher ist", sagte Ian.

Sassy zuckte mit den Schultern. „Wenn ihr es hinter Midnight im abgesperrten Bereich geparkt habt, ist alles in Ordnung. Ich habe Schlüssel und kann euch zurückbringen, falls es spät wird." Sie kniff die Augen zusammen. „Aber ich glaube nicht, dass wir so lange brauchen werden. Ich wohne gleich da vorne."

Sie legten die zwei Blocks zu ihrer Wohnung schweigend zurück. Die Anspannung wuchs mit jedem Schritt, aber das störte Rafe nicht. Sobald sie den ersten Teil überstanden hatten, würde er wieder durchatmen können.

Gott, er hatte die beiden so sehr vermisst.

Nicht, dass er das irgendwem außer ihnen gezeigt hätte. Er war Rafe Chavez. Ein knallharter Mechaniker mit eigener Werkstatt. Einst war er Rafe Chavez, der knallharte Schulabbrecher gewesen, aber die Zeiten hatten sich geändert, und er war ein anderer mann. Statt wie in seiner Jugend Autos zu klauen, reparierte er sie und baute auf Wunsch auch klassische Autos um. Er war verdammt gut in seinem Job und jeder wusste das.

Inzwischen besaß er drei Filialen – zwei in New York und eine hier in New Orleans, wo er aufgewachsen war.

Er hatte etwas aus sich gemacht… aber dabei hatte er alles verloren, was wirklich wichtig war.

Jetzt hatte er die Chance, alles zu korrigieren. Er war verantwortlich dafür, wer er jetzt war, also würde er die Chance nutzen und seine Zukunft selbst gestalten.

Schließlich machten sie sich auf den Weg zu Sassys Loftwohnung. Wenn man bedachte, wo sie ihre Kindheit verbracht hatte, war die Wohnung verhältnismäßig klein, auch wenn sie definitiv zu ihr passte.

Von dem, was er vom Eingangsbereich aus sehen konnte, gab es ein Wohnzimmer, eine große Küche und zwei Schlafzimmer. Die Wohnung war aufwändig dekoriert. Farben strahlten aus Textilien, Teppichen und kleinen Glasflaschen. Hätte hier jemand anderes gewohnt als Sassy, wäre es überwältigend gewesen. Überall standen Pflanzen herum – lebendig und blühend, viele mit bunten Blütenblättern. Schnickschnack bedeckte die Zwischenräume, doch was Rafe am meisten auffiel, war das Fehlen jeglicher Fotos.

Nicht ein einziges – weder aus der Gegenwart

noch aus der Vergangenheit.

Das war aufschlussreich… und etwas, worüber er später nachdenken würde.

Sie setzte ihre Tasche ab und ließ sich auf ihre Couch fallen. „Meine Füße tun weh, meine Muskeln schmerzen vom Yoga heute Morgen, und meine Freunde warten Studio auf mich, also bringen wir es hinter uns.“

Rafe unterdrückte ein Grinsen bei dem Wort „Freunde“. Okay, das war ein Punkt für ihn und Ian. Er zwang sich, das Bild von Sassy beim Yoga zu verdrängen. Über ernste Dinge zu reden, während er einen Ständer hatte, war wahrscheinlich nicht die beste Idee.

„Du siehst gut aus, Sass“, sagte Rafe, als er seine Hände in die Taschen seiner Jeans schob. Ian trug zwar einen Anzug und eine Krawatte und sah damit aus, wie der Milliardär, der er war, aber Rafe mochte das Gefühl von abgenutztem Jeansstoff. Außerdem hatte Sassy ihn immer nur in dieser Kleidung gesehen, also wollte er nicht gegen die Tradition und Erinnerungen verstoßen.

Sie lächelte sanft, obwohl Scherz in ihren Augen lag. „Ihr seht auch gut aus.“ Ihre Hände hoben sich zu ihrem Gesicht und sie seufzte. „Mein Gott, was macht ihr hier? Was machen *wir* hier?“

Er nickte Ian zu, der seine Anzugsjacke aufknöpfte und sich neben sie auf die Couch setzte. Er war Eis und gebündelte Kraft, während Rafe Feuer und intensive Leidenschaft war. Sassy war eine Mischung aus beidem – eine manische Energie, die man benötigte, um mit den beiden umzugehen.

Das war es, was er an ihrem Dreiergespann liebte und wonach er sich sehnte.

Rafe saß vor ihr auf dem Couchtisch. Sassy war praktisch auf beiden Seiten eingeschlossen, hatte aber eine Fluchtmöglichkeit.

„Wir haben dich vermisst, Sass. Nein, bitte hör zu. Ich spreche für Ian, weil ich weiß, dass er dasselbe empfindet, *Cariña*. Wir haben dich die letzten zehn Jahre vermisst. Es ist nicht ein Tag vergangen, an dem ich nicht an dich und Ian gedacht habe." Er lächelte den Mann an, der ihn in seinen Träumen heimgesucht hatte. „Wir haben unsere Beziehung vor all den Jahren auf eine so beschissene Art und Weise beendet, dass ich uns nie eine Chance eingeräumt hätte, es wieder in Ordnung zu bringen. Aber Sassy… wir können es."

Sie schüttelte den Kopf und die blauen Strähnen in ihrem Haar hüpften. „Nein, was wir hatten, war toll, als wir jünger waren. So etwas –

eine Dreierbeziehung – funktioniert nur, wenn die Sterne günstig stehen und es allen Beteiligten scheißegal ist, was andere sagen." Sie sah Ian mit einem traurigen Lächeln an, bevor sie Rafe anblickte. „Ihr hattet so viel zu verlieren, wenn wir so weitergemacht hätten, und um ehrlich zu sein, es hat nicht funktioniert. Wir haben es versucht, aber es hat nicht gereicht. Wir waren Kinder, die Spaß haben wollten, und jetzt sind wir älter und müssen unser Leben weiterleben."

Es tat weh, die Lügen zu hören, die aus ihrem Mund kamen, aber er gab sich Mühe, es nicht zu zeigen. Sie belog sich selbst genauso sehr wie die beiden Männer.

Und Sassy musste wissen, dass es ihnen allen klar war.

„Wir sind älter, ja, aber das bedeutet doch nur, dass wir wissen, was wir wollen." Er nickte Ian zu. „Ich lasse Ian über seine Gefühle sprechen und werde nur meine erwähnen. Wir waren Kinder, ja. Wir waren beste Freunde und haben uns ineinander verliebt. Lüg mich deswegen nicht an. Ja, wir haben gefickt, Liebe gemacht und den besten Sex unseres Lebens gehabt, aber wir haben uns auch geliebt. Was auch immer wir von jetzt an tun, kann mir das nicht wegnehmen. Es täte jetzt nicht so weh, wenn es damals nicht *alles* bedeutet hätte.“

„Sassy, wir alle haben Entscheidungen getroffen, die wir bereuen“, sagte Ian. „Ich bereue es am meisten, dass ich zwar körperlich nicht als Erster weggegangen bin, dafür aber emotional.“

Rafe zog den Atem ein und war zutiefst schockiert, dass Ian das zugab. Der Mann, der in seiner Jugend nie Schwäche gezeigt hatte, war erwachsen geworden.

Gott sei Dank.

Sassy knurrte und wandte sich ab, damit sie aufstehen konnte. „Nein, tut das nicht. Ich habe euch vielleicht verlassen, aber das war, weil ich bereits alleine war in dieser Beziehung.“

Tränen strömten über ihr Gesicht, und Rafe stand auf, unfähig, sich noch länger zurückzuhalten. Er strich ihr über die Wangen und zog sie fest an sich.

„Nein“, flüsterte sie.

„Ich bin nie gegangen, Sass. Egal, was du denkst, ich war nie weg.“ Um Ian würde er sich gleich kümmern, aber sie musste wissen, wo er stand. Sanft berührte er ihr Gesicht und nahm sein Herz in die Hände, als er den Kopf senkte. Seine Lippen berührten ihre ganz leicht, versunken in

Erinnerungen an das, was sie einmal gewesen waren.

Sie schmeckte nach Zucker und Gewürzen, und er sehnte sich jetzt mehr nach ihr als jemals zuvor. Sie befreite sich aus seinem Griff und schniefte.

„Ihr müsst gehen. *Beide.* E-es tut mir leid, dass ich euch beide verlassen und alles kaputt gemacht habe, aber ich kann das nicht. Ich habe mich weiterentwickelt, und ich weiß, dass ihr das auch habt. Ich bitte euch. Lasst mich einfach mein Leben leben. Das habe ich schon zehn Jahre lang getan, und ich kann es auch weiterhin."

Ian stand auf und stellte sich neben sie. „Wir lassen dich heute Abend in Ruhe." Rafe öffnete seinen Mund, um zu widersprechen, aber Ian schüttelte den Kopf. „Nein, wir werden gehen, Rafe. Sassy hat heute Abend schon genug durchgemacht. Es war ein Schock, uns zu sehen. Aber Sassy, Liebling, wir werden wiederkommen. Falls du uns vorher schon sehen willst – wir sind in meinem alten Loft."

Sassys Kinn klappte herunter. „Du... bist zurück?"

Ian lächelte, aber es lag keine Freundlichkeit darin, sondern eher ein entschlossenes Versprechen. „Rafe und ich sind beide *für immer* zurück in New

Orleans. Wir mögen aus unseren eigenen Gründen weggeblieben sein und waren noch länger voneinander getrennt, aber jetzt sind wir zu Hause und wir wollen dich bei uns haben. Nimm dir Zeit und denk nach. Vergiss nicht, dass es noch nicht vorbei ist."

Damit küsste Ian sie sanft und ging zur Tür.

Rafe packte ihr Kinn und zwang sie, ihn anzusehen. „Ich weiß, es tut weh, aber wir müssen reden, und heute Abend war nicht die Zeit für mehr als ein paar Worte und Tränen. Ich habe dich vermisst, *Cariña*. Lauf nicht weg, denn ich werde jagen."

Er küsste sie noch einmal, dann folgte er Ian nach draußen und ließ eine fassungslose Sassy zurück. Es war nicht so gut gelaufen, wie er gehofft hatte, aber doch weitaus besser, als er erwartet hatte.

Das Fundament war gelegt und es war an der Zeit, zu sehen, was sich daraus entwickelte. Er war seiner Zukunft wegen nach New Orleans zurückgekehrt, und wenn es nach ihm ginge, würden Ian und Sassy in dieser Zukunft eine Rolle spielen.

Rafe hatte sie schon mal verloren.

Er wollte nicht, dass das noch einmal geschah…

Kapitel Drei

„MEIN GOTT, ich kann nicht glauben, dass wir das getan haben", murmelte Ian Steele erneut, bevor er einen Schluck von seinem Kaffee nahm. Er hatte letzte Nacht beschissen geschlafen, und in Kombination mit dem abklingenden Adrenalin von der Begegnung mit Sassy brauchte sein Körper den zusätzlichen Koffeinschub.

Rafe und er waren zu ihm zurückgekehrt, nachdem sie eine zerbrechliche Sassy alleine gelassen hatten, um ihre Kraft zu finden. Oder zumindest hoffte er, dass sie das tun würde. Rafe hatte eine eigene Wohnung in der Stadt, aber sie hatten beschlossen, zusammenzubleiben und einander neu kennenzulernen, um die Vergangenheit wieder aufleben zu lassen.

Rafe hatte im Gästezimmer geschlafen. Keiner von ihnen war bereit für mehr, und sie hatten eine stille Vereinbarung getroffen, dass Sassy von selbst auf sie zukommen musste.

„Weißt du, das ist das zehnte Mal, dass du das sagst, seit wir ihre Wohnung verlassen haben", sagte Rafe, als er sich auf den Barhocker neben ihm setzte.

„Ich werde es so lange sagen, bis es sich gesetzt hat." Er kippte den Rest seines Kaffees weg, da er kalt geworden war, während er nachgedacht hatte, und stand auf, um sich eine neue Tasse einzuschenken. Er lebte von dem schwarzen Elixier, wenn er bei der Arbeit war, also wusste er, dass er am heutigen Tag mindestens eine halbe Kanne vernichten würde.

Ian sah den Mann an, der einst sein bester Freund, sein Liebhaber und seine potenzielle Zukunft gewesen war, und seufzte. Er hatte keine Ahnung, wie er hier gelandet war, aber verdammt, es gefiel ihm.

Oder zumindest würde es das, wenn die Dinge gut liefen.

Falls sie gut laufen würden.

Rafe grinste ihn an. Sein höllisch heißes Lächeln war immer noch genauso verführerisch wie damals, als sie jünger gewesen waren. Seine Arme waren voll tätowiert, die Kunst etwas rauer als Sassys. Beide Arten von Tattoos waren neu für ihn.

Das letzte Mal, als er Sassy und Rafe gesehen hatte, hatten sie ein paar Tattoos auf ihren Schultern und Rücken gehabt, aber das war lange her.

Die Zeit war vorangeschritten und die Kunst hatte sich ausgebreitet.

Ian hatte ein komplettes Stück auf dem Rücken, aber er hatte es sich stechen lassen, nachdem er Rafe und Sassy verlassen hatte. Sie hatten sein Tattoo noch nie gesehen, und aus irgendeinem Grund machte ihn das nervös. Er sagte sich, dass er sich das Tattoo hatte machen lassen, um sich selbst daran zu erinnern, dass er über die beiden hinweg war, doch er hatte sie nie vergessen.

Rafe stand auf und stellte sich hinter ihn, wobei er sorgfältig darauf achtete, ihn nicht zu berühren. Dieser Gedanke versetzte Ian einen Stich ins Herz. So sehr die beiden auch in einen lockeren Rhythmus verfallen waren, seit sie nach New Orleans zurückgekommen waren, hatten sie sich zuvor so lange nicht gesehen, dass die Distanz zwischen ihnen endlos schien.

Sie waren so verdammt jung gewesen, als sie sich kennengelernt und gedacht hatten, mit einer neuen und aufregenden Beziehung umgehen zu können. Mit fünfundzwanzig – aufgewachsen in den entsprechenden Verhältnissen – hatte ihm die Welt zu Füßen gelegen, und er hatte sich für unantastbar gehalten.

Er hatte sich in Sassy verliebt, die kluge, feurige Frau mit Geheimnissen, die er nie ganz aufdecken konnte, und in Rafe, den Mann aus einer ganz anderen Welt.

Während Ian aus einer traditionell reichen, kultivierten Familie stammte, war Rafe im Jugendknast gewesen, obwohl er mit mehr Liebe aufgewachsen war als Ian. Sie hatten sich kennengelernt, als Ian eine Reifenpanne hatte und aus irgendeinem Grund kein Ersatzrad in seinem Kofferraum finden konnte. Vor diesem Augenblick war er sich noch nie wie ein Idiot vorgekommen. Seine Mutter hatte ihm später gestanden, dass sie mit seinem Auto einen Platten gehabt hatte, ohne es ihm zu erzählen.

Er hatte ihr schnell verziehen, weil er an diesem Tag Rafe kennengelernt hatte. Sie hatten sich angefreundet, und als er das Studio betreten hatte und Sassy an der Rezeption vorfand, war er verloren gewesen. Er und Rafe hatten sich wirklich tätowieren lassen wollen, als sie ins Midnight Ink kamen.

Das war keine Lüge gewesen.

Rafe war in Ians New Yorker Büro aufgetaucht, nachdem sie sich zehn Jahre lang nicht gesehen oder miteinander gesprochen hatten, und hatte ihn damit völlig überrascht. Er hatte öfter als sonst an Rafe und Sassy gedacht, denn Ian hatte geplant, wieder nach New Orleans zu ziehen. Rafe war mit dem Vorschlag zu ihm gekommen, dass sie es noch einmal mit Sassy versuchen sollten.

Es gab wirklich keinen Grund, Nein zu sagen.

Tatsächlich hatte es ihn all seine Beherrschung gekostet, nicht um seinen teuren Schreibtisch herumzugehen, Rafe gegen die Wand zu drücken und ihr Wiedersehen leidenschaftlich zu besiegeln.

Er wusste, dass es Rafe ungeheure Kraft gekostet hatte, nach so langer Zeit zu Ian zu kommen, aber er war sich recht sicher, dass er den anderen Mann nach seinem Umzug nach New Orleans andernfalls selbst aufgesucht hätte, um gemeinsam mit ihm nach Sassy zu suchen.

Es war lange genug her gewesen.

In ihrer Jugend war das Dreiergespann wie Pech und Schwefel gewesen und schnell im Bett gelandet. Es war ihm erst viel später aufgefallen, dass das, was sie getan hatten, in den meisten Kreisen ungehörig war. Sie hatten einfach für den Moment gelebt. Er und Rafe waren schon immer bisexuell gewesen, obwohl sie beide Frauen bevorzugten, und es war ihnen vorgekommen wie eine logische Konsequenz, dass sie nicht nur miteinander schliefen, sondern sich auch eine Frau teilten.

Damals war es ihnen nicht verwerflich vorgekommen.

Damals war es nicht verwerflich *gewesen*.

Ian war jedoch ein verdammter Idiot gewesen und hatte zugelassen, dass Zweifel sein Leben übernahmen, und dass die Vorurteile seiner Familie ihn emotional von einer Beziehung wegzogen, die eines der einzigen wirklich guten Dinge in seinem Leben gewesen war.

Sie mochten jung gewesen sein, aber sie hatten alles richtig gemacht.

Und er hatte es zerstört.

Rafe legte die Hände auf seine Wangen und drehte seinen Körper so, dass sie Brust an Brust standen. Obwohl sie beide Schlafanzüge trugen, konnte Ian die Wärme spüren, die von dem anderen Mann ausging. Sie waren fast gleich groß, Rafe nur ein paar Zentimeter kleiner als er. Das bedeutete, dass Ian in diese honigfarbenen Augen blicken und ganz in ihnen versinken konnte.

Er hatte sich nie für einen Romantiker gehalten.

Nein, das war immer Rafes Spezialität gewesen – die Wärme und das Lächeln für jeden, der ihm etwas bedeutete –, sogar mit seiner Fassade als knallharter Typ, die er wie einen Schutzschild mit sich trug.

Ian hingegen war kühl. Unnahbar. So war er schon immer gewesen, weil seine Familie ihn so erzogen hatte. Er war der einzige Sohn des Steele-Imperiums und hatte die Milliarden, um es zu beweisen. Er brauchte nicht einmal zu arbeiten und konnte den Vorstand alles für sich erledigen lassen, aber er mochte die Kontrolle und die Macht, seine eigenen Entscheidungen zu treffen und Wege zu finden, noch mehr aus dem zu machen, was er hatte.

„Wo bist du, *mi Corazón*?", fragte Rafe. Seine Stimme hatte dieses heiße Raspeln, das Ian einst geliebt hatte und nun wieder zu lieben begann.

Ian atmete aus und legte seine Stirn an Rafes. Er brauchte den Trost, auch wenn er für den nächsten Schritt noch nicht bereit war.

„Ich denke über die Vergangenheit nach und darüber, was zum Teufel wir jetzt tun sollen."

Rafe ließ die Hände sinken und schlang seine Arme um Ians Taille. Er zögerte nur einen Moment, bevor er die Bewegung erwiderte, seinen

Kopf an Rafes Schulter lehnte und den würzigen Duft einatmete, der für Ian schon immer wie eine gefährliche Droge gewesen war.

„Es waren zwei seltsame Wochen. So viel ist sicher", murmelte Rafe und Ian konnte sich das Grinsen nicht verkneifen.

„Was zum Teufel machen wir hier?", fragte Ian, als er zurückwich und sich gegen den Tresen lehnte.

Rafe holte tief Luft und schüttelte den Kopf. „Ich dachte, wir hätten das besprochen, bevor wir zu Sassy gegangen sind."

„Dann lass es uns noch einmal besprechen, denn wir haben gerade ihre friedliche, kleine Welt zerstört, und ich fühle mich wie ein verdammtes Arschloch."

Rafe verengte seine Augen. „Ich habe vielleicht den Stein ins Rollen gebracht, aber du warst direkt an meiner Seite."

Ian fuhr sich mit der Hand durch die Haare und seufzte. Er hätte verdammt nochmal zum Friseur gehen müssen, aber er war zu sehr mit der Sorge beschäftigt gewesen, was er mit seinem Leben anfangen sollte.

Außerdem wusste er, dass Sassy und Rafe sein Haar lang mochten.

„Es ist zehn Jahre her, Rafe. Wir sind beide

nach New York gezogen, als Sassy uns verlassen hat, und trotzdem haben wir die ganze Zeit über nicht miteinander gesprochen. Warum?"

Rafe lehnte sich gegen den Tresen und verschränkte die Arme vor seiner breiten, wundervollen Brust. Verdammt, er musste aufhören, mit seinem Schwanz zu denken und anfangen, seinem Gehirn das Kommando zu übergeben, sonst würde er in Schwierigkeiten geraten.

Schon wieder.

„Du hast dich auch nie bei mir gemeldet, Ian. Wir wollten nach Sassy den Kontakt abbrechen, und du hast uns schon lange vorher verlassen."

Ian ignorierte den Stich, da Rafe nichts sagte, was er nicht schon wusste.

„Ich… Du weißt nicht, wie leid es mir tut, dass ich diese Distanz erschaffen habe", sagte Ian schließlich, nachdem sie einen Moment lang angespannt geschwiegen hatten.

Rafes Augen weiteten sich. „Ich hätte nie gedacht, dass ich das von dir hören würde."

„Was? Glaubst du, dass es mir nicht leid tut? Denkst du, ich kann nicht zugeben, dass ich Fehler mache? Ich habe so getan, als wäre ich besser als ihr beide, als würde ich mich für das schämen, was wir hatten. Denn das habe ich auch, verdammt nochmal."

Rafe sah aus, als hätte Ian ihm einen Schlag in die Magengrube versetzt, und Ian fluchte. Verdammt sei er und seine große Klappe. Er redete immer, ohne vorher nachzudenken.

„Scheiße, so habe ich es nicht gemeint."

Rafe hob eine Hand. „Du sagst nie Dinge, die du nicht in irgendeiner Form auch meinst. Du bist Eis, Ian. Wir beide wissen das."

Ian fuhr sich mit einer schnellen, ruckartigen Bewegung durch die Haare. „*Scheiße*. Ja, ich habe mich für uns geschämt, aber nicht, weil es falsch war. Hör zu, du weißt, dass eine Dreierbeziehung im wirklichen Leben so gut wie niemals vorkommt. Menschen sehen es nicht als eine legitime Beziehungsform. Sie denken, sowas kommt nur in Affären vor, und selbst dann sollte es sich hinter verschlossenen Türen abspielen. Man darf nicht darüber reden, und Leute verstehen nicht, dass echte Gefühle im Spiel sind – zumindest war das bei uns so."

„Und mit ‚Leuten' meinst du deine Familie", sagte Rafe trocken.

Ian schnitt eine Grimasse. „Ja, sie und alle anderen. Ich war ein verdammter Idiot und wir beide wissen das. Sassy weiß es auch. Mein Gott, wenn ich die Zeit zurückdrehen und das, was ich getan habe, wegwischen könnte, würde ich es. Ich habe euch beiden wehgetan, weil ich Angst davor hatte, meine Gefühle zu erkunden und mit ihnen umzugehen, aber ich habe euch beide geliebt. Das müsst ihr mir glauben."

Gott, so hatte er es noch nie ausgedrückt, aber verdammt, er würde sich nicht mehr so zurückhalten wie früher. *Zumindest hoffte er das…*

Rafes Gesichtszüge wurden etwas weicher, aber er lächelte nicht. Ian vermisste dieses Lächeln – dieses Gefühl –, das ihm verriet, wie tief er noch immer empfand.

Spielte es eine Rolle? Er wusste es nicht.

„Außerdem, Rafe, wäre es in der Welt, in der ich aufgewachsen bin, noch vor zehn Jahren ein Skandal gewesen, auch nur mit *dir* eine Beziehung zu führen. Die Dinge haben sich in dieser Hinsicht im letzten Jahrzehnt zum Besseren gewendet, aber damals hätte es einer Stärke bedurft, die ich nicht besaß. Es tut mir so verdammt leid, Rafe – *so sehr* –, dass ich dich verletzt habe, indem ich so tat, als wäre ich besser als wir, und mich zurückzog. Es tut mir leid, dass ich dich und Sassy nie meiner Familie und meinen Freunden vorgestellt habe. Ich habe mich nur einmal in meinem Leben wirklich geschämt, und das lag nicht an dem, was wir waren, sondern daran, wie ich damit umgegangen bin."

Rafe schloss die Augen, sein Körper angespannt und steif. Hatte Ian zu viel gesagt? Er hatte gewusst, dass sich alles ändern würde, als Rafe in sein New Yorker Büro gekommen war, um mit ihm über seine Zukunft zu sprechen.

Er betete nur, dass es sich lohnte.

Es *musste* sich lohnen.

„Dy raubst mir den Atem", flüsterte Rafe. „Du hättest schon damals mit Sassy und mir reden sollen, und das weißt du. Ich bin mir ziemlich sicher, dass Sassy es auch wusste. Wir waren zusammen stärker als alleine. Du hast dich zurück-gezogen und das hat Sassy verängstigt und dazu gebracht, uns zu verlassen, bevor wir ihr wehtun konnten. Die Wahrheit ist, dass wir ihr trotzdem wehgetan haben. Ich war vielleicht derjenige, der von euch beiden zurückgelassen wurde, aber ich habe auch Fehler gemacht. Ich habe nie um euch gekämpft. Ich hab alles geschehen lassen und bin mit eingezogenem Schwanz nach New York gerannt, weil ich nicht wusste, was ich mit meinem Leben anfangen wollte. Ich bin ein Risiko einge-gangen und hab mich verpisst."

Ian schmiegte seine Hand an Rafes Gesicht, erschrocken darüber, dass er dieses Mal die Initiative ergriff. Früher hatte er immer bestimmt und alles kontrolliert, doch es war lange her, und er wusste nicht, wo er stand. Sie würden eine Menge ausprobieren und geduldig sein müssen, bis sie ihren Halt wiederfinden würden.

Ian war seltsam neugierig, wie das alles funktionieren würde.

„Wir sind ein paar schuldbeladene Wracks, nicht wahr?", fragte Ian, seine Stimme tief und rau, als er wiederholte: „Was zum Teufel tun wir hier, Rafe?"

„Wir versuchen, uns eine Zukunft aufzubauen", sagte Rafe nach einem Moment. „Wir waren jung, als wir einander gefunden und gebrochen haben, aber wir sind älter und hoffentlich klüger, Ian. Jeder von uns hat sein eigenes Leben. Du mit deiner Firma, ich mit den Geschäften, und Sassy mit der Familie, die sie anscheinend gegründet hat. Wir müssen herausfinden, wie wir uns in die Welt des anderen einfügen und gleichzeitig unsere eigene aufbauen können."

„Ich bin nach New Orleans gekommen, um mir ein Leben zu schaffen", sagte Ian. „Ich bin hier und in New York aufgewachsen, weil meine Eltern dort ihr Zuhause hatten. New York war mein Zuhause, weil ich dachte, dass ich dort die besten Geschäfte machen könnte, und nach allem, was passiert war, konnte ich nicht hierbleiben.“

„Und ich hatte meine Familie schon immer hier. Ich bin endgültig zurück, weil ich es leid bin, wegzulaufen. Ich bin es leid, mich mit dem zufrieden zu geben, was ich habe, obwohl ich weiß, dass es so viel besser sein könnte.“ Rafe grinste. „Außerdem wünscht sich meine Mutter Enkelkinder und sie möchte sie in ihrer Nähe haben, also machte es nur Sinn, nach Hause zu kommen.“

Ian verschluckte sich. „Enkelkinder?“

Oh Gott. Waren sie schon so weit? Er hatte nicht einmal mehr als ein paar Worte mit Sassy gewechselt, und keines dieser Worte hatte die aufrichtige Entschuldigung beinhaltet, die sie verdient hatte.

Rafe warf den Kopf in den Nacken und lachte. „Enkelkinder, wie sie sich alle Mütter – besonders *meine* Mutter – wünschen. Ich weiß, dass wir noch lange nicht so weit sind, auch nur daran zu denken, aber du weißt ja, dass wir auch nicht jünger werden.“ Den letzten Teil sagte er mit einem verruchten Grinsen im Gesicht, woraufhin Ian die Augen verdrehte.

„Lass uns eins nach dem anderen angehen,

ja?“ Er stieß sich von dem Tresen ab und ging zurück zu seinem Hocker. Rafe folgte ihm, nachdem er ihnen beiden Kaffee eingeschenkt hatte.

„Scheiße, ich habe ganz vergessen, dass ich überhaupt aufgestanden bin, um Kaffee zu holen. Danke.“ Er nahm die Tasse und nippte. „Mein Kopf scheint im Moment nicht ganz zu funktionieren.“

„Du bist hinreißend, wenn du dich aufregst“, sagte Rafe und klimperte mit den Wimpern.

Ian verschluckte sich an seinem Kaffee. Die heiße Flüssigkeit brannte ihm in der Luftröhre und er hustete, als seine Augen tränten. „Bitte, tu das nie wieder“, lachte er und wischte das verschüttete Getränk mit einem Geschirrtuch auf.

„Du weißt, dass du mich liebst“, sagte Rafe und schloss den Mund, als hätte er zu viel gesagt.

Ian stellte seinen Kaffee ab und legte das Handtuch weg, bevor er wieder aufstand, um dicht an Rafe heranzutreten. Er spreizte seine Beine und Ian rutschte dazwischen. Die Haare auf seinen Armen standen zu Berge, als die Hitze und Spannung im Raum zunahmen. Er ignorierte es, sein Fokus allein auf Rafe gerichtet.

Er fuhr mit einem Finger über Rafes bärtige

Wange und ließ dann seine Hand über den Kopf des anderen Mannes gleiten.

„Das tue ich, weißt du? Ich liebe dich. Ich habe nie aufgehört. Nicht wirklich. Ich liebte den Mann, der du früher warst, und nachdem, was ich gesehen habe, liebe ich auch den, der du jetzt bist. Ich weiß, dass ich mich noch mehr in dich verlieben werde, wenn wir herausfinden, wer wir als Erwachsene geworden sind."

Er leckte sich über die Lippen. Das Geständnis, das er Rafe gerade abgelegt hatte, jagte ihm Angst ein. Er hatte diese Worte nie zuvor ausgesprochen, hatte sich zu sehr vor ihnen gefürchtet, um ehrlich sein zu können – nicht nur zu sich selbst, sondern auch den anderen Menschen in seinem Leben gegenüber.

Jetzt waren alles anders. Wenn er diesen Sprung wagen wollte, würde er es auf seine eigene Art und Weise tun, und alles, was er hatte, hineinstecken.

Jetzt gab es kein Halten mehr.

Er beobachtete, wie der Kehlkopf des Manns sich bewegte, als er hart schluckte. Er war sich nicht sicher, ob Rafe für die Worte oder deren Bedeutung bereit war, obwohl er derjenige gewesen war, der alles in die Wege geleitet hatte, also beschloss er, dem Mann etwas Ruhe zu geben.

Oder zumindest so viel, wie er konnte.

Rafes Augen verdunkelten sich und sein Atem ging schneller, als Ian seinen Kopf senkte. Ihre Lippen berührten sich und Ian stöhnte auf. Er hatte das Gefühl seines Mundes vermisst. Er leckte über Rafes Lippen und sein Geliebter öffnete sich für ihn, bevor er keuchte. Ian vertiefte den Kuss und ihre Zungen trafen aufeinander. Er wich ein wenig zurück und biss in Rafes Lippe, um die empfindliche Stelle gleich darauf mit seiner Zunge zu umschmeicheln. Er kehrte zurück zu dem Kuss, nach dem er sich gesehnt hatte, seit Rafe mit einem Plan in sein Büro in New York gekommen war.

Er griff nach Rafes Gesicht, wollte den Mann näher an sich ziehen. Rafes Schenkel zogen sich um seine Taille zusammen und zwangen ihn, seine Hüften unter dem Druck leicht zu bewegen. Rafe zog sich mit einem Keuchen zurück, und Ian fuhr mit den Lippen über seinen Hals.

Er wollte mehr. Verlangte mehr.

Rafes Hände wanderten zu seinem Hintern und packten ihn, um ihn härter gegen sich zu drücken. Sein Schwanz, der unter seiner Hose deutlich zu spüren war, strich über Rafes Bauch.

Obwohl sie sich schon zuvor in jeder Hinsicht gehabt hatten, wusste Ian, dass es in diesem

Moment zu schnell ging. Sie brauchten Sassy, um zu vervollständigen, was sie hatten, und sie wollten beide warten. Widerwillig zog er sich zurück und lehnte seine Stirn gegen Rafes.

Beide Männer atmeten schwer, und Ian musste für einen Moment die Augen schließen, um sich zu fangen.

Gott, er hatte Rafes Geschmack vermisst. Wie seine Küsse immer etwas rauer waren als Sassys. Er liebte beides, und wenn die drei zusammenkamen, war es immer so verdammt explosiv gewesen, dass Ian kaum mithalten konnte.

„Ich habe das so sehr vermisst."

Ian öffnete die Augen, wich zurück und wandte sich dem Klang der Stimme zu, die nicht Rafe gehörte.

„Sassy", hauchte er, nicht imstande, seinen Augen zu trauen.

Sie schenkte ihm ein kleines Lächeln, die Hände vor sich verschränkt – eine zurückhaltende Pose, die so gar nicht zu Sassy passte, dass er regelrecht erschrak. Rafe stellte sich neben ihn und stieß Ian in seiner Eile fast um. Er rückte ein wenig beiseite, achtete aber darauf, den Körperkontakt mit Rafe nicht zu unterbrechen.

„Es tut mir leid. Ich habe mich selbst reingelassen. Dein Pförtner schien sich an mich zu erinnern und hat mich hochgelassen."

Ian blinzelte.

Er hatte eine der schöneren Wohnungen in New Orleans, und der Portier arbeitete seit über zwanzig Jahren für seine Familie. Natürlich würde sich der Mann an Sassy erinnern.

Niemand vergisst Sassy…

Ian nahm einen tiefen Atemzug und nickte. „Es muss dir nicht leid tun. Ich bin froh, dass er dich reingelassen hat." Er spürte, wie er errötete, als er daran dachte, was sie gerade gesehen hatte. Sie hatte vielleicht gesagt, dass sie es vermisst hatte, aber fühlte sie sich ausgeschlossen?

„Guck nicht so, Ian", sagte sie, bevor sie sich zu dem anderen Mann drehte. „Du auch nicht, Rafe. Ich war nie eifersüchtig auf das, was ihr beide miteinander hattet. Genauso, wie ihr beide nie eifersüchtig wart auf das, was wir miteinander hatten. Gott, was ihr beide gerade gemacht habt? Dieser liebevolle und doch so heiße Kuss? Das ist *alles*. Am Anfang habt ihr euch zurückgehalten, und das hat mich immer umgebracht, aber zu sehen, wie ihr euch küsst, und die Hitze zu spüren, die dabei entsteht, gibt mir das Gefühl, dass ich recht hatte, herzukommen."

Ian blinzelte und ging um den Tresen herum, um ihr nahe zu sein. Er spürte Rafe dicht hinter sich und war froh, denn er brauchte die Kraft, die er besaß, da seine gerade zu fehlen schien.

„Was willst du damit sagen?", fragte Rafe.

Sie sah zwischen den beiden hin und her und holte tief Luft. „Ich will damit sagen, dass ich bereit bin, mich nicht mehr vor uns zu verstecken. Ich sage nicht, dass ich für eine volle Beziehung bereit bin, aber ich bin bereit, die Dinge Schritt für Schritt anzugehen."

Erleichterung überkam Ian mit einer solchen Heftigkeit, dass er fast in die Knie sank.

Rafe machte einen Schritt nach vorne, und Ian wäre ihm fast gefolgt, aber Sassy hob die Hand. „Zwei Wochen."

„Was?", fragte er.

„Gebt mir zwei Wochen, in denen wir nur Kaffee trinken und vielleicht essen gehen. Wir können herausfinden, wer wir jetzt sind. Ich weiß nicht einmal, was ihr beide beruflich macht. Zwei Wochen, in denen wir uns nicht berühren, küssen oder dem Verlangen nachgeben, das wir alle fühlen. Ich will sichergehen, dass die Menschen, die wir geworden sind, wirklich zusammenpassen."

Ian nickte.

Er mochte diese Idee. Alles hatte sich zu schnell entfaltet. Er war ein Planer und kannte gerne alle Fakten, bevor er eine Entscheidung traf. Obwohl er mit dem Herzen schon mit dabei war, würde die extra Zeit seinem Gehirn guttun.

„Was auch immer du willst, Sass", flüsterte Rafe. „Hör uns einfach an."

Sie schenkte ihnen ein wackeliges Lächeln und richtete dann ihre Schultern auf. „Ich hoffe, ihr zwei wisst, worauf ihr euch einlasst. Ich bin schließlich *die* Sassy."

Rafe schnaubte. „Da steckt eine Geschichte dahinter, oder?"

Sie lächelte aus vollem Herzen, und Ian bekam wieder weiche Knie. „Natürlich. Das ist eine weitere Sache, die ihr lernen müsst."

Er wusste nicht, ob er jemals jede Nuance dieser Frau kennen würde, aber er wusste, dass er alles in seiner Macht Stehende tun wollte, um das zu erreichen.

Dies war ihre zweite Chance.

Er würde es nicht vergeigen.

Kapitel Vier

WAS WAREN SCHON zwei Wochen Zölibat im Vergleich zu den Monaten, in denen sie zuvor ohne Sex gelebt hatte? Sassy stöhnte und schlug ihren Kopf gegen die Wand.

Wenn sie daran dachte, dass sie in den letzten zwei Wochen, wenn sie nicht im Studio gewesen war, jede freie Minute mit Ian und Rafe verbracht hatte, könnte sie durch den Mangel an Sex fast sterben. Sie hatte seit zehn Jahren keinen Sex mehr mit ihnen gehabt. Was waren da schon zwei weitere Wochen?

Okay, sie war in diesen zehn Jahren nicht in ihrer Nähe gewesen, was es einfacher gemacht hatte, aber trotzdem war sie eine erwachsene Frau, die mit ihren Trieben umgehen konnte.

Gerade mal so…

Sie war eine selbstbewusste, moderne Frau, also war es nicht ungewöhnlich für sie, sich um ihre eigenen Orgasmen zu kümmern, wenn sie das Bedürfnis verspürte. Es war reiner Zufall, dass Rafe und Ian zufällig das Zentrum ihrer heißen, unanständigen Fantasien waren, sobald ihre Hand zwischen ihre Beine glitt.

Verdammt, sie musste aufhören, über Sex nachzudenken, und alles, was damit zusammenhing. Ihre Brustwarzen waren ständig hart, und sie war sich ziemlich sicher, dass ihre Knie schon bei dem Gedanken, dass einer der Männer sie berührte, weich wurden.

Sie war *kein* schwachbrüstiges Schulmädchen, und sie weigerte sich, eines zu werden.

Zwei Wochen, seit sie Ian und Rafe in der Küche beobachtet hatte, wie die beiden aufeinander losgegangen waren, als gäbe es kein Morgen…

Nein, sie konnte nicht daran denken, wie die beiden vor Lust miteinander verschmolzen waren. Sie musste wenigstens ihre Haltung behalten, wenn die Männer kamen.

Wenn sie heiß und erregt war, würden sie es merken.

Das taten sie immer.

Es waren zwei Wochen voller Kaffees, gemeinsamer Abendessen und gelegentlichen Mittagessen gewesen. Sie hatte mit Ian einen Kaffee getrunken, mit Rafe gegessen und war auch mit beiden gemeinsam unterwegs gewesen. Es gefiel ihr, dass sie sich sowohl zu zweit als auch gemeinsam kennenlernten.

Außerdem wusste sie, dass Rafe und Ian auch zusammen sein wollten. Sie waren immer zu dritt, selbst wenn sie ihre eigenen Beziehungen hatten.

Sie hatte es genossen, zu erfahren, was aus den Männern geworden war, obwohl sie wusste, dass sie wieder in die Vergangenheit eintauchen mussten.

Wenn es – was auch immer *es* war – funktionieren sollte, würden sie diese Barrieren überwinden müssen.

Barrieren, die sie vor all den Jahren aufgebaut hatte.

Ein Klopfen riss sie aus ihren Gedanken, und sie schüttelte den Kopf. Nachdem sie ihr Kleid glatt gestrichen hatte, öffnete sie ihre Haustür.

Das Prickeln, das ihren Körper allein durch den Anblick der beiden durchfuhr, verblüffte sie immer wieder aufs Neue.

Sie standen nebeneinander, dunkel und erotisch und voller Versuchung. Ian hatte sein Haar offen gelassen. Die schwarzen Strähnen fielen über seine Schultern und bettelten geradezu darum, von ihr berührt zu werden. Er rasierte sich wegen seines Jobs in der oberflächlichen Welt der Immobilien, aber heute Abend hatte er einen Dreitagebart, der ihn noch gefährlicher und heißer aussehen ließen.

Auch Rafe hatte einen Bart, aber seiner war ein bisschen länger. Seine honigfarbenen Augen glühten, als er ihren Körper in sich aufnahm.

Sassy hielt einen wohligen Schauer zurück. Zwei Wochen unverbundene waren nicht genug gewesen.

Heute war das Ende des Ultimatums, das sie ihnen gegeben hatte. Sie würde sich zurückhalten, sie zu bespringen.

Vielleicht.

Ian grinste sie an, als sie blinzelte. *Verdammt.* Sie liebte es, wenn er lächelte, und er tat es nicht annähernd oft genug. „Lässt du uns rein, Sassy“, begann Ian, seine Stimme ein raues Versprechen, „oder sollen wir für unser Date in deiner Tür stehenbleiben? Ich weiß nicht, ob mich das stören würde, denn ich dich in diesem Kleid. Deine langen Beine sehen verdammt heiß aus, und ich weiß, dass sie um meine Taille gewickelt noch berauschender wären. Oder um Rafes.“

Das kleine Stöhnen, das ihren Lippen entwich, überraschte sie nicht, aber als dasselbe Geräusch von Rafe ertönte, sah sie auf. Anscheinend waren die beiden Männer genauso geil wie sie selbst.

Zwei Wochen der Versuchung mochten für ihr Herz eine gute Idee gewesen sein, aber ihr Körper wollte mehr.

Jetzt.

Sie wich zurück, sprachlos und verärgert über sich selbst.

Sie war *die* Sassy.

Sie war kein unschuldiges, kleines Mädchen, das sich nicht in der Nähe von zwei heißen Typen beherrschen konnte.

Sie *verhielt* sich nur zufällig wie eines.

Sie verfluchte die beiden.

Rafe und Ian schlenderten herein und sahen aus wie Dschungelkatzen mit all ihren geschmeidigen Muskeln. Ian trug einen perfekt sitzenden, offensichtlich maßgeschneiderten Designeranzug, der wahrscheinlich mehr gekostet hatte, als sie in sechs Monaten verdiente, während Rafe mit seinen schönen, hochwertigen Jeans und einem Hemd wesentlich lässiger aussah. Sie waren so unterschiedlich, aber die Alphas, die unter den Oberflächen lebten – und manchmal auch direkt davor –, veranlassten sie dazu, den Kopf zu neigen und ihren Hals zu entblößen. Sie war bereit, sich den Männern voll und ganz hinzugeben.

Okay, es reicht.

„Also, was ist der Plan für heute? Es ist das erste Mal, dass wir alle drei zusammen einen freien Tag haben.“

Beide Männer hatten sich den ganzen Tag freigenommen, anstatt auf einen gemeinsamen Abend zu warten. Und auch Sassy hatte bei Midnight Ink einen seltenen freien Tag eingelegt, wofür sie sich von ihren Kollegen begeisterte Zustimmung geerntet hatte.

Offensichtlich war sie in letzter Zeit ein wenig schnippischer gewesen als sonst.

Es war nicht ihre Schuld, dass sie unter Entzug litt und schlechte Laune hatte.

Okay, vielleicht war es teilweise ihre Schuld, aber eine Frau gab sowas nie zu.

Rafe lehnte sich an ihre Couch, während Ian sich neben ihn stellte und sie musterte. „Rafe und ich hatten keine festen Pläne außer einem Spaziergang durch das historische Viertel. Wir waren beide eine ganze Weile lang fort.“ Er zuckte zusammen. Sassy hatte ein wenig Mitleid mit ihm. Auf ihre gemeinsame Vergangenheit zu verweisen, war wie ein Marsch durch ein Minenfeld.

Sie zuckte mit den Schultern und ging in die Küche, um etwas zu trinken, bevor sie loszogen. „Ich bin für alles zu haben." Und damit meinte sie tatsächlich *alles*. „Ich hole mir ein Glas Wasser. Wollt ihr auch etwas?"

Rafe schüttelte den Kopf. „Wenn du nicht rausgehen willst, können wir hierbleiben und rumhängen. Ich weiß, wir konnten nicht viel Zeit zu dritt verbringen." Er ging auf sie zu und folgte ihr in den Küchenbereich. Sassys Wohnung war weitläufig und offen, sodass man sich von überall aus sehen konnte, solange man nicht in die Schlafbereiche ging.

„Es ist schwer, in der Öffentlichkeit über ernste Themen zu sprechen", fügte Ian hinzu. Sassys Hand verkrampfte sich um ihr Glas.

Das war gut. Sie wollten reden und alles offenlegen.

Es war verdammt nochmal an der Zeit.

„Ich habe bereits gesagt, dass es mir leid tut, Sassy, aber verdammt… Es tut mir so wahnsinnig leid, dass ich damals abgehauen bin."

Ians Geständnis erschreckte sie. Die unverblümten Worte durchschnitten den trägen Morgen und brachten sie zurück in die Vergangenheit. Sie hatten sich entschuldigt, aber Worte waren nicht genug.

Das wussten sie alle.

Was zum Teufel machte sie überhaupt?

„Das ist so seltsam", sagte Sassy, als sie das Glas abstellte und ihre Hände in die Luft warf.

Rafe blinzelte, aber Ian bewegte sich nicht.

„Findet ihr nicht?", fragte sie. „Wir sind erwachsene Menschen, die diese Beziehung langsam angehen, als ginge es um ein verdammtes Geschäft, und reden dabei überhaupt nicht über das, was wirklich wichtig ist. Was zum Teufel machen wir hier?"

Rafe stand auf und ging auf sie zu. „Wir finden wieder zueinander", sagte er matt.

„Wir bauen eine Beziehung auf", fügte Ian hinzu.

„Warum tun wir das? Warum jetzt? Warum kann ich mit euch beiden nicht einfach fertig sein?" Der letzte Teil rutschte ihr ungewollt heraus, bevor sie ihre Augen schloss. Sie hatte es nicht so gemeint, obwohl es gesagt werden musste.

Rafe legte seine Hände auf ihre Wangen. Die harten Handflächen und schwieligen Finger streckten sich mit großer Sorgfalt.

„Warum?", flüsterte er. „Weil wir es wollen. Weil

wir es *müssen*. Wir waren vor zehn Jahren verdammt gut zusammen, und ich weiß, wir hätten etwas daraus gemacht, wenn es anders gelaufen wäre. Kannst du nicht die Funken spüren? Die Hitze? Wir können das nicht ignorieren, nur weil wir Angst haben. Das würde uns zu verdammten Feiglingen machen. Und du, liebste Sassy, bist kein Feigling."

Ian kam von hinten an sie heran, wie er es vor all den Jahren immer getan hatte. Seine Hände legten sich auf ihre Hüften, während seine Lippen an ihr Ohr glitten. „Ich habe auch Angst, Sassy. Ich habe solche Angst, dass wir es wieder vermasseln, weil wir nicht wissen, was wir tun. Aber weißt du was? Wir sind älter. Vielleicht sogar klüger. Wir werden aus unseren Fehlern lernen und wieder zueinander finden. Das ist es, was ich will. Was Rafe will. Und ich hoffe bei Gott, dass du es auch willst."

Hatte sie ihnen nicht gesagt, dass sie es wollte?

Aber nur, weil sie es wollte, hieß das nicht, dass es auch gut für sie wäre.

Sie wich zurück. Sie brauchte Luft, mochte diese Wischiwaschi-Version von sich selbst nicht, und sie wusste, dass sie nicht weitermachen konnte, wenn sie ihnen nicht genau sagte, was vorher passiert war.

„Als ich euch beide verlassen habe, konnte ich nirgendwo anders hin", begann sie.

„Sassy… " Der Schmerz in Rafes Stimme zwang sie, ihren Kopf zu schütteln.

„Lasst mich erst erzählen, was passiert ist. Ich muss mir das von der Seele reden, und dann können wir weitermachen. Ihr müsst eine Sache wissen: Ich wäre nicht hier, wenn ich es nicht wollen würde, aber was ich will und wie ich mich fühle, sind zwei verschiedene Dinge."

„Dann sag es uns, Sass", flehte Ian.

„Ich schätze, ich sollte früher anfangen. Ihr wisst, woher ich komme." Gott, sie hasste diesen Teil, aber wenn sie nicht damit anfing, würden sie es nicht verstehen. Sie verstand es ja selbst kaum…

Ihre Männer nickten. „Ich bin die Bordeaux-Prinzessin, oder zumindest hat mir das mein Vater immer gesagt, als ich klein war." Sie stieß einen leisen Seufzer aus, aber nicht, weil die Erinnerung angenehm war. Oh nein, es gab nicht viele angenehme Kindheitserinnerungen, wenn es um ihren Vater ging.

„Ich hatte alles, was ich mir hätte wünschen können – schöne Kleider, ein schönes Haus –, besuchte die besten Schulen. Wir hatten schon *immer* Geld." Sie spuckte das Wort aus und riskierte dabei einen Blick auf Ian. Auch er kam von altem Geld und nickte nur verständnisvoll. „Ich sollte die Schule beenden und zur Uni gehen, damit ich meinen Abschluss eingerahmt an der Wand des Büros meines Ehemannes anbringen könnte wie meine Mutter vor mir. Ich sollte den Mann heiraten, den mein Vater für mich ausgesucht hat, der seine geschäftlichen und politischen Pläne vorantreiben würde, und dann würde ich zwei perfekte Kinder haben, die von Kindermädchen aufgezogen werden würden, und mit anderen Frauen meinesgleichen zu Mittag essen und niemals die falsche Person anlächeln und niemals einen unpassenden Gedanken hegen.“

„Das wäre nicht unsere Sassy“, unterbrach Rafe und brachte Sassy dazu, zu lächeln.

„Ganz genau.“ Sie fuhr sich mit der Hand durch ihr Haar und betrachtete eine ihrer knallroten Strähnen. „Könnt ihr euch vorstellen, wie das in einem Dutt oder mit Perlen aussehen würde?“

Ian räusperte sich. „Die Perlen kann ich mir vorstellen.“

Ihr Kern pochte, aber sie unterdrückte eine Stöhnen. „Ändere nicht das Thema.“

„Dann behalte ich es für später im Kopf.“

Verflucht sei der Mann.

„Wie auch immer… Ich wollte das alles nicht, und das wusste ich bereits, als ich zehn Jahre alt war. Und trotzdem blieb ich weitere fünf Jahre unter der Fuchtel meines Vaters." Sie schloss ihre Augen und versuchte, die Erinnerungen zu bekämpfen. „Gott, ich hasste ihn. Ich weiß nicht, ob ich das jetzt noch tue, da er mir eigentlich egal ist, aber damals habe ich ihn gehasst. Versteht mich nicht falsch, er hat mich nie geschlagen, aber er hätte es, wenn er geglaubt hätte, es würde funktionieren."

„Dafür hätte ich ihn umgebracht." Rafes Stimme hatte eine gefährliche Schärfe.

Sassy lächelte. „Du weißt, dass ich meine eigenen Kämpfe austragen kann, Süßer."

Ian fuhr mit seinem Finger über ihren Arm. Sie wich nicht zurück, genoss die Berührung zu sehr. „Du bist abgehauen, als du fünfzehn warst. Ich weiß noch, dass du gedacht hast, das wäre zu jung, um dich mit so einem Scheiß auseinandersetzen zu müssen."

Sie verdrehte die Augen. „Ja, ich war dumm. Ich war dieses eingebildete, reiche Kind, das seine eigenen Entscheidungen treffen wollte, was habe ich also getan? Ich bin davongelaufen und musste auf die harte Tour lernen, dass meine Probleme im Großen und Ganzen nicht so wichtig waren."

Ian packte ihr Handgelenk und zog sie näher an sich heran. Sie konnte seinen halbharten Schwanz an ihrem Bauch spüren, aber es waren seine Augen, die sie fesselten. Das Eis und die Entschlossenheit zwangen sie in die Knie.

Aber das war etwas, wofür sie noch nicht bereit war, und sie war sich nicht sicher, ob sie das *jemals* wäre.

„Sag niemals, dass deine Probleme keine Rolle spielen. Nur weil jemand vielleicht etwas viel Schlimmeres als du durchgemacht hat, schmälert das nicht deine eigene Vergangenheit. Es ist kein Wettbewerb, Sassy. Das war es nie."

Sie schloss ihre Augen, musste den Blickkontakt unterbrechen, um nicht zu schmelzen. Sie lehnte ihren Kopf an seine Brust und atmete seinen Parfüm tief ein.

„Auf der Straße habe ich gute Leute kennenge-lernt. Sie hatten Mitleid mit mir gehabt. Ich musste auf die harte Tour lernen, mich durchzuschlagen." Sie verdrängte die Erinnerungen an die kalten, hungrigen Nächte, die sie nicht vergessen konnte. Sie waren Teil dessen, was sie zu *der* Sassy gemacht hatte. Sie wollte nicht daran denken, was ohne diese bitteren Erfahrungen aus ihr hätte werden können.

Sassy drehte sich in Ians Armen um und sah Rafe an. „Deine Mutter hat mich gefunden", sagte sie lächelnd. „Ich war erst achtzehn und lebte in einer Art Kommune. Ich habe gejobbt, um meinen Lebensunterhalt zu verdienen, und deine Mama hat mich aufgenommen."

Rafe beugte sich vor und streichelte ihre Wange. „Ich erinnere mich. Du warst voller Feuer und Wut, und ich wusste, dass wir beste Freunde werden würden."

Sassy verdrehte die Augen, schmiegte sich aber an ihn, ohne Ian loszulassen. „Sie hat mir einen Job gegeben, in der Werkstatt deines Vaters, und ich habe gelernt, etwas zu tun, worin ich gut war."

„Du hast uns sogar besser geführt als meine Mutter", stichelte Rafe. „Du warst die beste Rezeptionistin, die man sich vorstellen konnte."

„Es hat mir großen Spaß gemacht", sagte sie liebevoll und erinnerte sich daran, wie sie gelernt hatte, in einer Familie zu leben und nicht in dem kalten Mausoleum ihrer Kindheit. „Ich fand Freunde, hatte zum ersten Mal seit Jahren einen vollen Magen und lernte, für mich selbst zu sorgen, ohne ums Überleben kämpfen zu müssen." Sie drehte sich zu Ian. „Dann bist du ein paar Jahre später mit einem platten Reifen in der Werkstatt aufgetaucht, und ich war verloren."

Er küsste ihre Stirn und lehnte sich zurück. „Es hat mich damals überrascht, dass Rafe und du nicht zusammen wart, bevor ich ins Spiel kam."

„Sie war ein Teil der Familie", erklärte Rafe.

„Er hat recht. Zu dem Zeitpunkt war ich fast wie eine Schwester für ihn."

Rafe lachte bellend. „Nein, Baby, das würde ich nicht sagen. Du warst viel zu heiß – selbst mit achtzehn –, um dich nicht zu wollen, aber ich wollte der Wut meiner Mutter einfach mehr entkommen."

Sassy kicherte und fühlte sich bereits wohler, als sie an die guten Erinnerungen dachte, statt sich mit den schmerzhaften zu beschäftigen.

Das würde irgendwann von ganz allein kommen.

„Aber als Ian auftauchte, war es, als könnte ich die Anziehung nicht mehr zurückhalten."

„Gott sei Dank hast du dich darauf eingelassen, denn diese paar Jahre, in denen wir im selben Haus gelebt hatten, ich aber immer brav sein musste, als würde ich nicht auf dich stehen, haben mich fast umgebracht", stichelte Sassy.

Ian schnaubte und fuhr mit seiner Hand beruhigend über ihren Rücken bis zu ihrem Hintern. Sie musste sich zurückhalten, um ihn nicht zu bespringen. Sobald sie gesagt hatte, was sie sagen wollte, könnte sie weitermachen. Es hatte keinen Sinn, alles ungesagt zu lassen. Es würde nur noch schlimmer werden.

„Und dann waren wir drei ein Wir." Sie seufzte. „Ich habe es geliebt. Ich habe euch beide geliebt, und ich würde dieses Jahr nicht für nichts in der Welt eintauschen. Es tut so verdammt weh, daran zu denken, was am Ende passiert ist, aber ich würde nichts daran ändern."

„Wir müssen nicht verlieren, was wir hatten", warf Rafe ein.

„Wir haben es schon verloren", konterte Sassy, „aber wir können etwas Neues beginnen. Auf der Vergangenheit und dem Was-Wäre-Wenn aufzubauen, wird uns nur schaden. Ich mag die Männer, die ihr geworden seid, und die Frau, die ich geworden bin, mag ich ganz sicher auch. Wenn wir wieder da anfangen, wo wir aufgehört haben, würden wir alles verlieren, was wir seitdem gewonnen haben."

„Ich war ein verdammtes Arschloch. Ich habe es schon einmal gesagt und ich würde es wieder sagen, aber ich denke, niemand will es erneut hören. Ich werde niemals wieder aus Angst weggehen." Ian packte ihr Kinn und zwang sie, ihn anzusehen. „Das verspreche ich."

Der Zusatz seines Versprechens war ihr nicht entgangen, aber sie schob seine Aussage für später beiseite. Keiner von ihnen redete über Heirat, Babys und eine feste Bindung. Zumindest tat Sassy das für ihren Teil sicher nicht.

„Eines kann ich allerdings sagen: Wäre ich nicht gegangen – wäre ich nicht gezwungen gewesen, weiterzuziehen –, hätte ich Midnight Ink nicht gefunden." Sie trat von Ian und Rafe weg und blickte hinunter auf ihre tätowierten Arme. „Ich hatte nur ein paar kleine Tattoos, als ich euch kennengelernt habe, und jetzt bin ich vollgestochen. Ich liebe meinen Job, die Menschen, denen ich täglich helfen darf, und die Familie, die ich gegründet habe. Was passiert ist, war scheiße. Gott, das ist nicht mal ein hinreichendes Wort dafür. Was passiert ist, hat alles zerstört, von dem ich dachte, ich hätte und bräuchte es, aber ich bin dadurch erwachsen geworden. Jeder Schritt, den ich getan habe, hat mich stärker gemacht und mich… frecher gemacht. Ich liebe, wer ich bin, und ich werde das nicht ändern. Was ich allerdings sagen will, ist, dass die Frau, die ich geworden bin, euch beide braucht."

Zumindest für den Moment.

Sie konnte nicht darüber hinaus denken, sonst wäre es zu viel.

Ian knurrte leicht und kam näher, Rafe dicht hinter ihm. „Diese Tinte?" Sein Finger fuhr wieder über ihren Arm, und ein verheißungsvoller Schauer durchzuckte sie. „Ich will alles sehen, Sassy. *Alles.* Das mag mich zu einem Egoisten machen, aber vergiss nicht, ich bin ein Steele. Ich bin es gewohnt, zu bekommen, was ich will."

Rafes Hand glitt ihren Rücken hinunter und packte ihren Hintern, woraufhin sie stöhnte und sich in seine Berührung drückte. „Und ich bin vielleicht kein Steele, aber ich weiß auch, was ich will. Ich will euch beide. Was passiert ist, liegt in der Vergangenheit, und wir sind jetzt hier. Wir werden zusammen weitermachen. Wisst ihr, was ich meine?"

Sie drehte sich um und nickte. *Oh ja, sie weiß genau, was er meint…*

„Jetzt wisst ihr, wo ich stehe und wo ich war", sagte sie, weil sie wusste, dass ihre Zeit zum Reden sich dem Ende zuneigte.

Gott sei Dank.

Mit einem verschlagenen Grinsen nahm sie Ians Krawatte in eine Hand und griff mit der anderen nach Rafes Hemd. „Ich denke, es ist an der Zeit, dem Gerede ein Ende zu setzen. Ich bin nicht in der Stimmung, heute auszugehen. Habt ihr eine bessere Idee?"

Sie blickte zwischen den Männern hin und her. Ihre Blicke heißer wurden, als ihnen ein leises Knurren entwich.

„Oh ja", flüsterte Ian.

„Oh, *verdammt*, ja", knurrte Rafe.

Das war es, was sie wollte. Ihre beiden Männer. Mit ihr. Ohne Kleidung.

Eine Nacht, gefüllt mit genau der richtigen Menge an Leidenschaft.

Das hier.

Kapitel Fünf

SASSY LECKTE SICH DIE LIPPEN. Sie liebte es, zu sehen, wie sich die Augen ihrer Männer verdunkelten, während ihr Atem sich immer mehr beschleunigte. So war es zwischen ihnen immer gewesen – heiß, berauschend und überwältigend. Ihre Brustwarzen zogen sich zusammen und ihr Magen flatterte bei dem Gedanken an das, was noch kommen würde. Mit den beiden wusste sie nie, wer den Anfang machen würde.

Sowohl Ian als auch Rafe waren im Bett immer dominant gewesen, aber keine Doms in dem Sinne, wie es die Männer ihrer Freundinnen waren. Sie wussten, wie sie es haben wollte und gaben es ihr nachdem sie sie ein wenig geneckt hatten...

Ian und Rafe sahen sich an, als führten sie ein

wortloses Gespräch – hoffentlich über das, worüber sie gerade nachgedacht hatte. Rafe nickte und Sassy sog einen scharfen Atemzug ein, als Ian zwei Schritte auf sie zuging, nach ihrem Kopf griff und ihr langes Haar um seine Faust wickelte.

Sie keuchte, als er zerrte, und ließ ihren Kopf zurückfallen, um ihn anzusehen.

„Meins", flüsterte er, bevor er seinen Mund auf ihren presste.

Sie stöhnte, als sich seine Lippen auf ihre legten und er an ihnen knabberte, öffnete sich für ihn und gewährte seiner Zunge Eintritt. *Minze und Kaffee, hm…* Er zog wieder an ihrem Haar, und diesmal schoss es direkt in ihren Kern.

„Vergiss mich nicht", sagte Rafe mit heiserer Stimme.

Ian löste seine Lippen von ihr und zwang ihren Blick auf Rafe. Sein kontrollierendes Handeln erregte sie so sehr, dass sie auf der Stelle kommen wollte. Sie liebte es, wenn sie so knallhart mit ihr umgingen. Und mit einander…

Rafe umfasste ihr Gesicht, senkte sanft den Kopf und gab ihr einen leichten, verführerischen Kuss, während Ians Feuer und Hitze gewesen war – so anders als die Persönlichkeiten, die beide Männer der Welt zeigten. Sie schloss ihre Augen und schmeckte seine dunkle Süße, während sie sich gleichzeitig in ihn und Ian schmiegte. Ihre Körper waren einander so nah, dass sie fast miteinander verschmolzen.

Ian zog sie zu sich und brachte seinen Mund wieder auf ihren. Sie leckte über seine Lippen und knabberte dann. Sie liebte es, wie sich die Geschmäcker beider Männer auf ihrer Zunge vermischten. Die berauschende Kombination erinnerte sie daran, wie sehr sie es vermisst hatte. Wie sie sich danach gesehnt hatte.

Sie küssten Sassy abwechselnd, Hände wanderten über ihren Rücken und umfassten ihren Hintern. Sie verlor sich in dem Moment und wusste nicht, wie viel Zeit vergangen war, bevor sie sich schließlich voneinander lösten und sich einander zuwandten.

So heiß es auch war, wenn die beiden Männer sie küssten und berührten, war es noch heißer, zu beobachten, wie sie aufeinander losgingen. Ihr Stöhnen hallte in der Küche wider, als sie ihren Kuss vertieften. So grob, wie sie manchmal zu ihr waren, so viel fordernder waren sie einander gegenüber.

Heiß. Wie. Die. Hölle.

Sie leckte sich wieder über die Lippen, beobachtete und spürte einen Teil ihrer Hitze, auch wenn niemand sie berührte. Nun, wenn *sie* sie nicht berühren würden…

Sie fuhr mit den Fingern über ihre Brustwarzen und keuchte. Das weiche Gefühl jagte ihr einen Schauer über den Rücken. Verdammt, sie war so erregt und wusste, dass es noch einiges brauchen würde, bevor sie völlig befriedigt wäre.

Sie massierte ihre Brüste, streichelte die feste haut und kniff in ihre Brustwarzen. Ihr Körper zuckte, als sie ihre Beine aneinander rieb. Sie brauchte diesen Druck, um kommen zu können. Wenn sie wenigstens einen kleinen Orgasmus haben könnte, würde sie es mit ihren Männern langsam angehen können.

Als hätten sie ihre Gedanken gehört, lösten Rafe und Ian sich voneinander und stellten sich vor sie.

„Versuchst du, ohne uns zu kommen?", fragte Ian, seine Stimme tief vor Verlangen, seine Lippen feucht und geschwollen.

„Wir sollten besser auf dich aufpassen, *Cariña*", knurrte Rafe, als lustvolle Absicht seine honigfar-benen Augen verdunkelte.

Ian neigte den Kopf. „Da sie an sich selbst

herumgespielt hat, sollten wir sie vielleicht weitermachen lassen. Sie braucht uns nicht, oder?"

Sie verengte ihre Augen. „Hey, hör auf mit dem Mistkerl-Getue, Süßer. Du weißt, dass ich mich selbst befriedigen kann, aber im Moment möchte ich, dass ihr beide es für mich tut. Das ist nur recht und billig."

Ian grinste, aber sie war sich nicht sicher, ob er ihr sofort geben würde, was sie wollte. Er ließ sie immer warten, bis sie es fast nicht mehr aushielt. Während sie ihn also hasste, weil er sie warten ließ, liebte sie es, wenn er ihr endlich die ersehnte Erfüllung verschaffte.

Raffiniertes Arschloch.

„Was willst du, Sassy?", fragte Ian.

Sie leckte sich über die Lippen und blickte auf die Erektion, die seine Hose spannte, bevor sie dasselbe in Rafes Hose sah. Auch wenn sie auf der Stelle kommen wollte, war das, was sie *wirklich* wollte, ihre Männer zu schmecken.

„Euch", flüsterte sie.

Ian grinste und Rafe kicherte. „Auf die Knie, Baby." Er streckte seine Hand aus und sie legte ihre eigene hinein, als sie vor ihm in die Knie ging.

Ihre Atmung wurde schneller, während sie Ians Gürtel öffnete und seine Hose aufknöpfte. Nicht alle Frauen machten das besonders gerne, aber sie liebte es, ihre Schwänze zu lutschen. Sie liebte es, die Macht zu haben, auch wenn Ian und Rafe normalerweise das Tempo vorgaben. *Sie* war diejenige, die ihnen Vergnügen bereitete, und allein der Gedanke daran machte sie höllisch feucht.

Sobald sie mit ihnen fertig war, würden sie sich auf die beste Art und Weise revanchieren.

Sie zog seine Boxershorts so schnell wie möglich runter, sodass sie seinen Schwanz in die Hand nehmen konnte. Er füllte ihre Hand aus – heiß, hart und bereit für ihren Mund.

Um Rafe nicht zu vernachlässigen, drückte sie einen Kuss auf Ians Schwanz und öffnete dann Rafes Hose.

Ian zog an ihren Haaren, während Rafe ihre Schulter festhielt, als sie Rafes Schwanz aus seiner Hose zog und die Spitze leckte, bevor sie ihre Hand um den Ansatz von Ians Schaft legte.

Sie hatte keinen Dreier mehr gehabt, seit sie das letzte Mal mit Ian und Rafe zusammen gewesen war, aber die Geschicklichkeit, die es brauchte, um beide gleichzeitig zu beglücken, war offenbar nie verschwunden.

Mit einem letzten Zwinkern kam sie zur Sache und leckte an Rafes Schwanz, bevor sie dasselbe mit

Ians tat. Beide Männer stöhnten, was sie lächeln ließ, bevor sie an Ians Schwanz saugte und ihre Zunge über die Eichel streifen ließ. Er zuckte in ihrem Mund, und sie legte ihre Hand auf seine Hüfte, um ihn ruhig zu halten.

Sie zog sie sich ein wenig zurück und blickte zu ihm auf. „Lasst mich euch beide erstmal probieren, bevor ihr meinen Mund fickt."

„Ich liebe deinen dreckigen Mund", sagte Rafe, woraufhin sie die Augen verdrehte.

Sie machte sich wieder an die Arbeit und leckte den Lusttropfen an der Spitze von Ians Schwanz ab, bevor sie das Gleiche mit Rafe tat. Sie hielt beide Schwänze fest in ihren Händen und rollte ihre Handgelenke leicht, während sie sie nach oben zog, um sie gleichzeitig zu wichsen. Ians Schwanz war etwas länger und wölbte sich leicht nach links, wodurch er immer eine ganz bestimmte Stelle in ihr traf, während Rafes dicker war und sie auf beinahe schmerzhafte Art und Weise dehnte, wenn er sich in sie schob.

Verdammt, sie hatte die beiden vermisst.

Rafe streichelte ihre Wange und grinste. „Lass mich zusehen, wie du Ian nimmst, Sass, und dann kannst du mich haben. Ich liebe es, wenn du an seinen Eiern saugst."

Sie hielt ihr Stöhnen zurück und nickte, bevor sie sich Ian zuwandte.

Weil sie wusste, dass Rafe und Ian es liebten, drückte sie seinen Schwanz gegen seinen Bauch und saugte an seinen Eiern. Sie ließ eins auf ihre Zunge rollen, glitt dann zum anderen und tat dasselbe. Sie konnte spüren, wie Ians Schwanz pochte, also wiederholte sie den Vorgang. Als sie es nicht mehr aushielt, und das Gefühl hatte, dass es Ian auch so ging, nahm sie Ians Schwanz in den Mund und saugte daran. Es war wie Musik in ihren Ohren, als er vor Verlangen und Überraschung keuchte. Sie zog sich zurück, begierig darauf, weiterzumachen, sobald sie wieder zu Atem gekommen war.

„Lass mich dir helfen", sagte Rafe, und als sie aufblickte, sah sie ihn hinter Ian. Er griff den Ansatz von Ians Schaft und hielt ihn ihr an die Lippen.

Sie grinste, bevor sie ihn wieder in den Mund nahm. Seine Hand verfing sich in ihrem Haar, und sie öffnete ihren Mund weiter, als Ian ihren Mund mit Rafes Hilfe fickte. Er zog sich zurück, und sie rollte ihre Zunge nach hinten, um die Spitze zu schlucken und ihn in ihre Kehle eindringen zu lassen.

„Oh Gott", stöhnte Ian, hörte aber nicht auf, seine Hüften zu bewegen.

Sie sog die Wangen ein, summte leise und sah, dass Ians Hand auf Rafes Schulter lag. Jedes Mal, wenn ihr Mund seinen Schwanz verließ, drückte Rafes zu und fuhr über seine Erektion.

Schließlich zog Ian sich zurück, sein Schwanz immer noch hart, da er noch nicht gekommen war, und ging zur Seite. Jetzt stand Rafe vor ihr. Sein Schwanz streckte sich ihr dick und hart entgegen. Sie leckte über seine Länge, als Ian hinter ihr auftauchte. Sie sah zu ihm auf und grinste, als er sich komplett auszog.

„Was machst du denn da hinten?", schnurrte sie.

Ian grinste und packte sie bei den Schultern. „Lutsch ihn, dann werde ich dich vernaschen, Liebling."

Okay, das klang nach einem guten Plan…

Sie nahm Rafe in den Mund und bewegte ihren Kopf auf und ab, während sie diesmal das Tempo vorgab. Ians Hände legten sich um ihre Taille, bevor er sich hinter sie kniete. Er umfasste ihre Brüste durch ihren BH und kniff ihre Brustwarzen. Hart.

Sie keuchte um Rafes Schwanz herum, als Ian

noch fester zudrückte und sich leicht drehte. Der Druck ließ ihre Mitte pochen, bereit für einen der beiden Schwänze, aber sie wusste, dass sie warten musste. Sie erhöhte das Tempo, wollte, dass Rafe die Kontrolle verlor.

Ians Hände verließen ihre Brüste, um zu Rafes Oberschenkeln zu wandern. Der Anblick seiner starken Hände auf Rafes noch stärkeren Beinen ließ sie fast kommen, aber sie hielt sich zurück. Ian massierte Rafes Eier, während sie noch stärker saugte.

Rafe wich zurück und sie sah blinzelnd zu ihm auf, während sie sich auf Ians Schulter stützte.

„Ich stimme Ian zu, so sehr ich auch in deinem hübschen Mund kommen möchte, würde ich dich lieber erst auf meinem Schwanz kommen lassen.“

Sie leckte sich über die Lippen. Der salzige Geschmack der beiden Männer blieb in ihrem Mund hängen. „Was auch immer du willst.“

Ian schmunzelte gegen ihrem Hals, bevor er sie küsste. „Hört sich gut an.“

Bevor sie auch nur blinzeln konnte, war sie aufrecht und wurde von ihren Männern ausgezogen. Sie lag fix rücklings auf der Kücheninsel mit Ians Kopf zwischen ihren Beinen.

„Ian“, keuchte sie bei der ersten Berührung

seiner Zunge. Er leckte und knabberte an ihrem Schlitz, bevor er sich an ihrer Klitoris zu schaffen machte. Sie presste ihren Körper gegen sein Gesicht, wollte mehr.

„Lass Ian dich schmecken, Sassy", flüsterte Rafe, während er ihre Hüften nach unten drückte, um Ian mehr Kontrolle zu geben.

Sie versuchte, sich zurückzuhalten, um ihre Augen nicht in den Kopf rollen zu lassen, aber das war verdammt schwer, als Ian sie aufleckte wie eine Kugel Eis. Es war noch schwerer, als Rafe an ihrem Nippel saugte und den anderen mit seinen flinken Fingern zwickte. Er biss auf die Knospe, während er die andere massierte, und sie kam auf Ians Gesicht und den zwei Fingern, die er in sie hineinpumpte.

Ihre Namen brachen in einem Schrei durch ihre Lippen, der nicht verstummte, bis ein zweiter Höhepunkt sie zerrissen hatte. Nur mit diesen beiden Männern hatte sie je so viele Orgasmen auf einmal erlebt, und sie dankte Gott dafür, dass sich manche Dinge nie änderten.

Ihr Körper wurde schlaff, obwohl sie sie immer noch in sich spüren wollte. Ian trug sie zu der L-förmigen Couch mit den tiefen Kissen, die sich perfekt zum Kuscheln eignete.

Bald waren alle drei nackt und Ian drückte sich zwischen ihre Beine, während sie sich auf den Rücken legte, um für beide ausgestreckt zu sein. Ian stand über ihr und beugte sich so, dass er ihre Beine erreichen konnte, während Rafe hinter ihm stand. Als Rafe um Ians Körper griff und ein Kondom über seinen Schwanz rollte, verschluckte Sassy fast ihre Zunge.

Egal, wie heiß sie es mit einem der beiden fand, sie liebte es mehr, sie zusammen zu sehen.

Es machte sie vielleicht zu einer bösen, schmutzigen Sassy, aber das war ihr egal.

Sie liebte es.

Ian drehte sich zur Seite, und sie bemerkte etwas, das beim letzten Mal, als sie miteinander geschlafen hatten, nicht da gewesen war.

„Ist das ein Tattoo auf deinem Rücken?", fragte sie.

Rafes Augen weiteten sich und er trat hinter Ian. „Heilige Scheiße! Die irische Dreifaltigkeit. Das ist wunderschön."

Sassy schenkte ihm ein Lächeln. „Du hast eine Triquetra auf dem Rücken… Darf ich sehen?"

Ian griff seinen Schwanz, drehte sich aber um.

Gott, es war schön. Schwer und dunkel, die drei Teile der Dreifaltigkeit waren ineinander verwoben und mit gälischer Schrift verziert. Es war wunderschön.

Die Tatsache, dass er es *nach* ihrer Trennung stechen lassen hatte, war bezeichnend, aber darüber konnte sie jetzt nicht reden. Nicht, wenn sie ihn in sich spüren wollte.

Sofort.

„Bereit?", fragte Ian mit angestrengter Stimme.

„Immer", flüsterte sie und stöhnte, als Ian Zentimeter für Zentimeter quälend in ihr versank.

Er füllte sie aus. Ihre Hüften rieben sich aneinander und berührten sich, während sie sich dehnte, um seine Länge in sich aufzunehmen – so wie sie wusste, dass sie sich wieder dehnen würde, um Rafe zu empfangen.

„Mein Gott, du fühlst dich so verdammt gut an", keuchte Ian, bevor er sich ein wenig zurückzog.

Sassy stöhnte auf, als ihr Inneres sich verkrampfte. Sie wollte ihn nicht loslassen.

„Sieh mal hier rüber, Sass", flüsterte Rafe, „und richte dich ein wenig auf."

Während sie auf Ian konzentriert gewesen war, hatte Rafe sich so bewegt, dass er neben ihr stand, sein Schwanz direkt vor ihren Lippen. Sie öffnete sich für ihn und ließ los. Beide Männer fickten sie hart, einer ihren Kern, der andere ihren Mund. Rafes Hände gruben sich in ihr Haar, während Ian ihre Hüften hielt.

Ian stieß seinen Schwanz in einem gleichmäßigen, unablässigen und doch sanften Tempo in sie hinein, bis er ein letztes Mal hart in sie eindrang und ihren Namen schrie. Sassy ließ Rafes Schwanz los und küsste Ian, während er das Kondom füllte und sie erneut kam.

Er zog sich zurück, während ihr Körper immer noch zitterte und Rafe in sie glitt. Sie ließ ihren Kopf auf die Couch fallen, als Ian das Kondom entsorgte. Rafe musste sich ein übergezogen haben, als sie gekommen war, denn sie konnte es sehen, als er sich aus ihr herauszog. Seine Finger gruben sich in ihre Taille, als er in sie drang und ihre Blicke sich trafen.

Ian kam wieder ins Zimmer und setzte sich neben sie. Seine Hände wanderten über ihren Körper, bevor er ihre Brüste umfasste, an ihren Brustwarzen saugte und seine Hand nach unten gleiten ließ, um mit ihrer Klitoris zu spielen, während Rafe mit ihr schlief.

„Scheiße, jedes Mal, wenn du an ihren Nippeln saugst, kann ich spüren, wie sie sich zusammenzieht", stöhnte Rafe.

Ian ließ ihre Brust mit einem Ruck los. „Jetzt weißt du, wie ich mich fühle, Liebling", sagte er zu Rafe und widmete sich wieder ihren Brüsten.

Mit dem tiefen Bedürfnis, noch verbundener zu sein, schlang sie ihre Hand um Rafes Handgelenk und grub ihre freie Hand in Ians Haar. Sie schloss die Augen und verlor sich in den Bewegungen und Empfindungen, bis sie die Welle fand, die sie erneut mit einem krachenden Höhepunkt überspülte, diesmal zusammen mit Rafe.

Er zog sich aus ihr hinaus und entsorgte das Kondom, während Ian und Sassy sich auf die Couch legten.

„Ich habe das vermisst. *Dich* vermisst", murmelte Ian, woraufhin sie lächelte und sich in seine Arme schmiegte.

Rafe kehrte zurück und zog eine Decke von der Rückenlehne. Ian zog sie auf seinen Körper, während Rafe sich neben sie legte. Sie rollte sich auf den Bauch, damit sie mit ihren beiden Jungs kuscheln konnte, ihre Glieder schlaff, die Körper gesättigt.

„Gott, das müssen wir nochmal machen", flüsterte sie.

Rafe tätschelte ihren Hintern und kicherte. „Ich muss mich vor der zweiten Runde ein bisschen ausruhen. Ich bin nicht mehr so jung wie früher."

Sie lächelte und wartete auf Ians Antwort, aber dann sah sie, dass er schon eingeschlafen war. „Ich schätze, er ist erledigt."

Sie sah Rafe an und lachte über ihre erschöpften Männer.

Mit einem glücklichen Seufzen lehnte sie sich zurück.

„Ja, ich hab's immer noch drauf."

Kapitel Sechs

„BIST DU SICHER, dass ich gut aussehe? Soll ich meine Tattoos abdecken?“

Rafe schloss seine Augen und hielt die Erwiderung zurück, die ihm auf der Zunge lag. Obwohl er die Frau vor sich liebte, brachte ihn die Tatsache, dass sie diese Frage überhaupt stellte, dazu, seinen Kopf gegen die Wand schlagen zu wollen. Sie hätte nicht so nervös sein sollen, und doch gab es anscheinend kein Halten mehr.

Sie hatte eine nette Hose angezogen und ein süßes Spitzentop, das ihre Brüste verdammt köstlich aussehen ließ, aber es war nicht die Sassy, die er kannte und liebte. Sie hatte ihre Haare sogar zu einem Dutt hochgesteckt, der ihren Hals nur noch sinnlicher machte.

Er ging langsam auf sie zu und umrahmte ihr Gesicht. Die Sorge in ihren braunen Augen brachte ihn dazu, sie festhalten und nie wieder loslassen zu wollen.

Nicht, dass sie ihn gelassen hätte.

Sie würde sich zurückziehen und auf sich selbst aufpassen, denn so war sie. Oder zumindest war das, wer sie normalerweise war. Diese Sassy vor ihm war nicht normal. Er musste das in Ordnung bringen und ihre Ängste lindern.

„Sass, hör auf und atme, *Cariña*." Er drückte seine Lippen auf ihre, und sie entspannte sich. „Wir gehen nur zum Abendessen zu meinen Eltern. Du hast schon unzählige Male mit ihnen zu Abend gegessen. Der einzige Unterschied ist, dass wir jetzt ein bisschen älter sind."

Sie schnitt eine Grimasse und er küsste sie wieder. „Es ist nicht mehr wie früher, Rafe. Früher war ich ihr Mündel oder eine Mitbewohnerin oder was auch immer. Sie wussten, dass ich mit dir zusammen war, aber ich weiß nicht, ob sie wussten, dass wir mit *Ian* zusammen waren."

Rafe atmete aus. „Ich weiß es auch nicht, Baby. Wir haben es für uns behalten, weil wir Angst davor hatten, was alle denken würden, aber wir sind jetzt erwachsen. Du weißt, dass Ian hier bei uns wäre, wenn er nicht arbeiten müsste."

Sie konnten die möglichen Missverständnisse nicht ignorieren, wie sie es getan hatten, als sie jünger waren. Ihre Beziehung würde nicht überleben, wenn sie das täten.

Er konnte ihre Anspannung spüren und die Unsicherheit in ihren Augen sehen.

Die sonst heiße, selbstbewusste Frau war ein reines Nervenbündel.

Scheiße.

Er streichelte ihren Rücken und umfasste ihren Hintern. Das daraus resultierende Aufflackern von Hitze in ihren Augen brachte ihn zum Lächeln.

Da ist sie.

Sassy zog sich etwas zurück und schaute an ihrem Körper hinunter, bevor sie den Kopf schüttelte. „Was zum Teufel habe ich da an?"

Rafe hielt sich zurück, denn er wusste, dass sie ihn schlagen würde, wenn er jetzt lächelte. „Ich wusste gar nicht, dass du ein Sekretärinnen-Kostüm besitzt."

Sie verengte ihre Augen. „Ich glaube, man nennt das jetzt Verwaltungsassistenten."

Er hob seine Hände in gespielter Kapitulation. „Ich bitte um Entschuldigung."

„Und wenn ich als sexy Sekretärin gekleidet wäre, würde ich einen Rock tragen, damit du mich auf dem Schreibtisch ficken kannst. Komm schon, du weißt doch, dass es in allen guten Pornos so gemacht wird."

Rafe warf seinen Kopf zurück und lachte, auch wenn sich sein Schwanz bei dem Gedanken an Sassy in Stöckelschuhen und einem Rock verhärtete.

Auf Ians Schreibtisch.

Ja, das wäre gut, da Ian ein größeres Büro hatte, und die ganze Anzug-und-Krawatte-Sache total zu diesen Fantasien passte. Vielleicht könnten sie Ian über diesem Schreibtisch ficken…

„Gott, hör sofort auf, an Sex zu denken, Rafe Chavez!" Sassy klopfte ihm auf die Schulter, woraufhin Rafe schnaubte.

„Du hast angefangen, Babe." Diese ganze Unterhaltung war ein Durcheinander von Angst und verdammt heißen Absätzen.

„Wir sind auf dem Weg, deine Mutter zu besuchen. Sie wird wissen, was wir gedacht haben. Sie weiß es *immer*."

Rafe grinste. Er hoffte inständig, dass seine Mutter nicht *alles* wusste, was in seinem Kopf vorging. Er war sich nicht einmal sicher, ob sie von ihm und Ian wusste. Er war schon immer bisexuell gewesen, hatte sich aber nie vor seinen Eltern geoutet. Er wusste nicht, was sie darüber gedacht hätten.

Was sie jetzt denken würden…

Er war als Teenager so ein kleiner Scheißer gewesen, dass er, als er endlich seinen Weg gefunden und gelernt hatte, sich wie ein Mann zu verhalten, Angst hatte, jegliches neuaufgebautes Vertrauen wieder zu brechen. Er hatte seine Gefühle für Ian, der mehr als sein bester Freund war, vor seiner Familie versteckt, und Rafe wusste, dass das eine große Rolle beim Ende ihrer Beziehung gespielt hatte.

Ian und Sassy waren nicht die einzigen, die die Schuld für das Scheitern ihrer Beziehung trugen.

Rafe hatte seine eigenen Fehler und er wusste, dass er sie wiedergutmachen musste.

Heute war der erste Schritt in die richtige Richtung, indem er Sassy nach Hause mitnahm. Er hatte gehofft, Ian auch mitzubringen, aber vielleicht war es ganz gut, dass er nicht dabei war. Babyschritte zu machen, klang nach einem guten Startpunkt.

Scheiße, war das kompliziert…

Er schüttelte den Kopf und versuchte, seine Gedanken zu klären. Wenn er mit den schlimmsten

Gedanken in den Tag ging, würde er sich nur selbst stressen. Sassy hatte sich bereits genug aufgeregt, den ungewöhnlichen Klamotten nach zu urteilen

Rafe schaute auf seine eigene dunkle Jeans und sein Hemd, dann zu Sassy. „*Cariña*, zieh eine Jeans an und lass dieses heiße Oberteil an. Es bringt die Tinte auf deinen Armen zur Geltung, und wenn du dich bückst, kann ich die Tinte auf deinem Rücken sehen.“

Ihre Augen weiteten sich. „Ich werde mich nicht im Haus deiner Eltern bücken.“ Sie grinste frech. „Ich verspreche nichts, aber ich könnte dich ein wenig necken, wenn du mich genug ärgerst.“

Er küsste sie hart und ließ seine Zunge gegen ihre gleiten. „Scheiße, du machst mich so heiß, Sass. Zieh an, was auch immer du willst.“ Er griff um sie herum und löste ihr Haar. Die langen Strähnen fielen ihr in Wellen über die Schultern, und er seufzte bei diesem Anblick. Seine Frau war verdammt heiß. Er würde ihr die Haare hochhalten müssen, damit er sie wieder herunterziehen konnte. Nackt.

Scheiße, ja!

„Du denkst schon wieder an Sex.“

Er leckte sich über die Lippen. „Ja, aber mach dir keine Sorge. Ich kann mich gut beherrschen.“

Vielleicht. „Zeig deine Tätowierungen, lass dein Haar offen und zieh an, worauf du Lust hast. Fühl dich wohl und sei du selbst. Es gibt keinen Grund, sich zu verstecken.“

Ihre Augen füllten sich mit Tränen, und sie blinzelte sie weg, aber nicht bevor eine über ihre Wange rollte. Sein Herz schmerzte, als er die Feuchtigkeit mit seinem Daumen wegwischte.

„Sassy, Baby, was ist los?“ Er würde alles tun, um ihr zu beweisen, dass sie etwas Besonderes war und ihm gehörte.

„Abgesehen davon, dass du dich so grob und gleichzeitig perfekt verhältst?“ Sie schüttelte den Kopf und zog ihre Schultern zurück. „Ich habe sie auch verlassen, Rafe. Was, wenn sie mich dafür hassen? Ich bin nicht in Kontakt geblieben, weil ich Angst hatte. Ich wohnte zwar nur zwanzig Minuten entfernt, aber es hätte ein Ozean zwischen uns liegen können.“

Er schloss die Augen und verfluchte sich. Natürlich würde sie sich deswegen Sorgen machen. Sie hatte lange Zeit mit seiner Familie gelebt und sie trotzdem verlassen. Sie hatte es getan, um sich selbst zu schützen, und damit hatte sie seine Familie verletzt.

Aber nicht in dem Ausmaß, wie sie es wohl dachte.

Seine Familie war sehr nachsichtig, wenn es um Menschen ging, die sie liebten.

Er sollte es wissen.

„Cariña, hör auf, dich zu sorgen. Sie haben dich vermisst, und ja, sie haben sich Sorgen gemacht, aber sie wussten, dass du aus einem bestimmten Grund gegangen bist. Lass uns zu ihnen gehen und den schwierigen Teil hinter uns bringen. Sie haben dich eingeladen, Sass. Sie *wollen* dich dort haben. Wir werden reden, lachen, gut essen, und dann, wenn wir nach Hause kommen, werden vögeln und es hoffentlich schaffen, beim ersten Mal im Bett zu landen.“

Sie lachte leise. „Wir sagen immer, dass wir es zum Bett schaffen, und enden nur damit, dass wir dort schlafen, weil wir uns überall sonst erschöpft haben.“

Er umfasste ihren Hintern und drückte sie an seinen Körper. Sein steinharter Schwanz drückte gegen ihren Bauch und sie hob eine Augenbraue.

„Für den bist du verantwortlich“, stöhnte er.

Ihre Hand ging zwischen sie und fuhr seine Länge entlang. „Nein, Schatz, an dem Steifen bist du selber schuld, aber ich kümmere mich darum.

Später." Sie blinzelte. „Wir kommen zu spät, wenn ich mich jetzt nicht umziehe. Zwei Minuten", sagte sie und schlenderte ins Schlafzimmer. Sein Blick folgte ihrem großzügigen Hintern, aber er schüttelte nur den Kopf.

Ja, das ist die Sassy, die er liebte. Es dauerte nur, bis sie ihn anmachte und zurückkam.

Als sie sich in die arschgeilen Jeans umgezogen hatte, aus denen er sie später mit Vergnügen herausschälen würde, und sie sich auf den Weg zu seinem Elternhaus machten, waren sie nur fünf Minuten zu spät. Nicht schlecht, wenn man bedachte, dass Rafe sich die Zeit genommen hatte, sicherzustellen, dass Sassys Jeans genau richtig saß. Mit seinen Händen.

So, wie Sassy strahlte, hatte er das Gefühl, dass seine Mutter *genau* wissen würde, warum sie zu spät kamen, aber das war ihm egal. Er hatte endlich die Frau seiner Träume neben sich und den Mann seiner Träume in seinem Herzen. Er hoffte, ihn zu Hause vorzufinden, wenn sie zurückkamen.

Noch bevor sie es auf die Verandastufen geschafft hatten, öffnete seine Mutter die Haustür und kam mit weit geöffneten Armen auf sie zu.

„Sassy!" Seine Mutter zog sie die Treppe hinauf und umschlang sie mit denselben starken Armen, die ihn schon unzählige Male gehalten hatten. Obwohl seine Mutter mindestens einen Kopf kleiner war und praktisch in seine Hosentasche passte, war sie stärker als jede Frau, die er kannte.

„Frau Chavez." Sassys Worte waren ein wenig gestelzt, aber es lag eine Wärme darin, die Rafe direkt ins Herz ging. Dies war auch ihre Familie. Er musste nur sicherstellen, dass sie das verstand und sich nicht versteckte.

Seine Mutter lehnte sich zurück und runzelte die Stirn. „Frau Chavez? Glaubst du etwa, ich bin Carlos' Mutter? Nein, Schatz, du nennst mich Juanita oder Mama. Ich akzeptiere nichts anderes."

Sassy grinste und Rafe zog seine Mutter ein Stück weg, damit er ihre Wange küssen konnte. „Danke, Mama", flüsterte er, als sie seine Wange tätschelte.

„Du bist ein guter Junge, Rafe. Danke, dass du Sassy nach Hause gebracht hast." Da war ein Funkeln in ihren Augen, das er nicht deuten konnte. „Und das nächste Mal erwarte ich, dass du Ian auch mitbringst. Es wurde Zeit, dass ihr drei wieder zusammen seid."

Rafe hielt den Atem an und seine Füße erstarrten auf der Stelle. „W-was?"

Seine Mutter schüttelte den Kopf, bevor sie

einen Arm um Sassys Taille legte. „Ich wusste schon immer, dass ihr drei zusammen wart. Du kannst mir nichts vormachen, junger Mann. Ihr wart so verliebt, dass ihr es nicht verbergen konntet, selbst als ihr es versucht habt. Ich weiß, dass Ian dachte, er hätte den coolen, abgehobenen, reichen Jungen abgezogen, aber das hat er nicht, Schatz. Er war so in dich verknallt – ihr alle ineinander –, dass es offensichtlich war."

Sassy griff nach seiner Hand, aber er konnte immer noch nicht verarbeiten, was seine Mutter gesagt hatte. Sie wusste bescheid? Sie hatte ganze Zeit über bescheid gewusst? Und er hatte gedacht, er hätte es so gut versteckt. Offenbar hätte er es gar nicht erst versuchen müssen.

„Ich weiß nicht, was du denkst, Rafe, aber du solltest wissen, dass ich dich geliebt habe, seit ich erfahren habe, dass ich mit dir schwanger war. Ich werde dich *immer* lieben. Deine ganze Familie empfindet das Gleiche. Du hast drei Schwestern, zwei Brüder, einen Vater und unzählige andere Familienmitglieder, die darauf warten, dich und Sass zu sehen. Sie lieben dich und werden sich nicht von dir abwenden, weil du liebst, wen du liebst. Wenn du Ian mitbringst, wird es uns genauso gehen."

Rafe senkte den Kopf, drückte seine Mutter dicht an sich und zog Sassy mit. Er schlang seine Arme um seine Mädchen, als das Gewicht dessen, was er verborgen gehalten hatte, von seinen Schultern glitt.

„Ich kann nicht glauben, dass du es die ganze Zeit gewusst hast", murmelte er, während sein Körper zitterte. Er wusste nicht, ob es vor Erleichterung war oder dem überwältigenden Drang, zu Ian zu rennen und ihn herzubringen.

„Schatz, du kannst nichts vor mir verheimlichen." Seine Mutter drückte ihn noch einmal, bevor sie ihn wegdrückte. „So, jetzt bringen wir euch beide rein und füttern euch. Die kleben wahrscheinlich alle schon am Fenster, um zu sehen, was hier los ist."

„Ich bin überrascht, dass sie noch nicht rausgekommen sind", sagte Sassy, als sie ihre Finger mit seinen verschränkte.

Er ergriff ihre Hand und war dankbar. Sie war schon immer sein Anker gewesen, auch als sie auf der Flucht gewesen war. Ohne sie war er nicht vollständig.

Sie gingen ins Haus und wurden von Rafes Familie mit Lächeln und Umarmungen begrüßt. Auch wenn Sassy sie verlassen hatte, durfte er nicht vergessen, dass er dasselbe getan hatte. Er war für Feiertage und Geburtstage zurückgekommen, aber er hatte sich woanders ein Zuhause geschaffen.

Jetzt war er zurück und musste lernen, sich in seine Familie einzufügen.

„Rafe." Die tiefe Stimme seines Vaters riss ihn aus seinen Gedanken. Der Mann hatte einen Arm um Sassys Schulter gelegt und ein breites Grinsen im Gesicht. „Schön, dass du es geschafft hast, *Niño*."

„Papa", sagte er und umarmte den Mann fest, wobei er Sassy mitzog, wie er es mit seiner Mutter getan hatte.

Sein Vater grinste, aber in seinen Augen lag eine Spannung – etwas, von dem Rafe gehofft hatte, dass es mit der Zeit verschwinden würde. „Wenn du Zeit hast, müssen wir über die Werkstatt reden. Es gibt ein paar Dinge… *Niño*, du weißt, dass ich dir vertraue, aber einige Dinge müssen sich nicht unbedingt ändern."

Dies war weder die Zeit noch der Ort für solche Gespräche. Seine Familie mochte mit seinem Lebensstil einverstanden sein, was an sich schon eine Überraschung war, aber wenn Vater und Sohn gemeinsam ein Geschäft führen, lief das nicht immer reibungslos.

„Wir können später darüber reden", sagte Rafe

mit einem Lächeln. Er wollte kein Problem verursachen, wo es doch heute um Sassy gehen sollte, und später um Ian. „Lass uns erstmal essen und mein Mädchen vorführen." Er küsste Sassy auf die Stirn, als sie lachte.

„Normalerweise kann ich mit mir selbst angeben, Süßer, aber wenn du die Ehre haben willst, gehöre ich ganz dir."

Er lächelte und nickte seinem Vater zu, der die Nachricht verstand, und ging in den Hinterhof, wo seine Familie feierte.

Es war seltsam, wie sehr er sich wünschte, dass Ian hier wäre, um gemeinsam zu feiern. Rafe war sich bewusst, dass Ian geplant hatte, mit der Beziehung an die Öffentlichkeit zu gehen, und jetzt, da er wusste, dass seine Familie einverstanden war, war er sich sicher, dass es klappen könnte.

Er schaute auf die Frau in seinen Armen und seufzte.

Es würde besser funktionieren, denn er würde alles für sie tun. Für Ian. Er musste nur sicherstellen, dass es nicht umsonst sein würde, denn wenn sie ihm wieder davonliefen… Naja, er wusste nicht, was er dann tun würde.

Er war schon einmal gebrochen worden, und

wenn es noch einmal passierte, war er sich nicht sicher, ob er es schaffen würde, sich zu beherrschen.

Sassy und Ian waren schnell zu seiner ganzen Welt geworden, und das machte ihm Angst.

Rafe würde ihnen beweisen müssen, dass sie es schaffen könnten. Mit dem Duft der Kochkünste seiner Mutter, dem Lachen und dem Gefühl der Akzeptanz, die sie umgaben, wäre es tatsächlich möglich.

Als das Abendessen vorbei war, machten sie sich in Rekordzeit auf den Weg zu Sassys Wohnung. Er hatte kaum den Motor abgestellt, als sie aus dem Auto stieg. Er verfolgte sie die Treppe hinauf, ein Grinsen im Gesicht.

Als sie vor ihrer Wohnung stand, schob er sie hinein, zog sie zu sich und drückte sie gegen die Tür.

Ihre Augen weiteten sich und sie grinste. „Eifrig?"

Er berührte ihr Gesicht. „Habe ich dir wehgetan?" Er hatte nicht vorgehabt, sie so hart gegen die Tür zu knallen, aber er konnte sich nach mehreren Stunden mit anderen Menschen nicht zurückhalten.

Sie griff seinen Hintern und schaukelte gegen ihn. Sein harter Schwanz grub sich in ihren Bauch.

„Es hat mir gefallen. Du hast mein Handgelenk gepackt und mit der anderen Hand die Tür festgehalten, damit ich nicht zu hart dagegenstoße. Sie hat ein lautes Geräusch gemacht, aber du warst nicht grob." Sie grinste. „Naja, du warst grob, aber auf eine sexy Alpha-Art. Jetzt mach weiter. Ich hoffe, du fickst mich hier."

Er schüttelte seinen Kopf. Diese Frau verstand ihn so verdammt gut, dass es ihm Angst machte. „Ich werde dich gegen hier lecken und dann werde ich dich in deinem Bett genießen, weil ich es versprochen habe."

Ihre Augen verdunkelten sich und sie schenkte ihm dieses kleine Lächeln, das immer direkt in seinen Schwanz schoss. Er zerrte an seinem Hemd und beobachtete, wie ihr Blick den Linien seiner Oberkörpermuskeln folgte. Er würde noch mehr trainieren, wenn es sie dazu bringen würde, ihn so anzusehen.

Rafe legte seine Hand um ihren Nacken und zog sie zu einem Kuss heran. Er liebte es, wie sie schmeckte. Süß und würzig zugleich.

Er zog sich zurück und zerrte ihr Shirt hoch, bevor sie ihre Arme hob, um ihr zu helfen. Er hatte ihr gesagt, dass er es liebte, wie sie sich an ihre

Oberschenkel und ihren Hintern schmiegte, und er hatte es auch so gemeint.

Gott, er liebte ihre Kurven…

Er öffnete den vorderen Verschluss ihres BHs, um ihre Brüste zu befreien und ihre harten, rosa Nippel zu sehen, die förmlich nach seinem Mund bettelten. Rafe senkte seinen Kopf, saugte einen in seinen Mund und benutzte seine Hand, um ihre Brust zu halten, während er knabberte und leckte, während er es mit ihrer anderen Knospe wiederholte und sich hinkniete. Sie war gerade klein genug, dass er an ihren Brustwarzen saugen und ein Gesicht voller Brüste bekommen konnte.

Rafe liebte diesen Teil.

Er bewegte sich an ihrem Körper entlang und hinterließ Küsse auf ihrem Bauch, bis er zum oberen Rand ihrer Jeans kam, den Knopf öffnete und den Reißverschluss runterzog, um die Hose über ihren Hintern zu ziehen, wobei er ihren Slip mitnahm.

„Rafe", stöhnte sie, als sie sich aus ihrer Jeans schlängelte.

„Gott, ich liebe deinen Geschmack", sagte er, bevor er ein Bein über seine Schulter zog und ihren Kern leckte. Sassy legte eine Hand auf seine Schultern, um sich zu stabilisieren. Er öffnete sie und fickte sie mit seiner Zunge, dann mit zwei Fingern. Jedes Stöhnen, das sie von sich gab, fiel mit dem Zucken ihres Inneren zusammen, und er wusste, dass sie kurz vor ihrem ersten Orgasmus stand.

Rafe griff mit seiner freien Hand um sie herum und tastete ihr Loch ab. Er wusste, dass sie noch nicht herumexperimentiert hatten, aber das würde noch kommen.

Bald.

„Ja, Rafe! Genau so. So viel besser als mein Vibrator."

Er wäre fast in seiner Hose gekommen, als sie es zugab, aber er hielt seinen Mund auf ihrer Klitoris, weil er wollte, dass sie kam. Seine Sassy mochte es, mit sich selbst zu spielen.

Er war ein glücklicher Mann.

Rafe knurrte gegen ihre Klitoris, als seine Finger den engen Ring der Muskeln durchdrangen. Er hatte nur ihre eigene Feuchte als Gleitmittel, also führte er nur die Spitze ein, um sie nicht zu verletzen.

„Rafe!" Sie kam auf seiner Zunge und er hielt den Druck auf ihrer Klitoris aufrecht, weil er wusste, dass es ihr so am besten gefiel.

Mit immer noch geschlossenen Augen stand er auf, hielt seine Hand auf ihrer Hüfte, damit sie nicht fiel, und hob sie in seine Arme, bevor er sie ins Schlafzimmer trug, wie er es vorhin versprochen hatte. Ihr Kopf lag auf seiner Schulter und ihr Körper zitterte immer noch.

„Wie willst du es haben, Sass?"

„Fick mich von hinten. Ich liebe es, wenn du tief gehst."

Er grinste. „Du bist ein dreckiges, heißes Ding."

Sie rollte mit den Augen, als er aufstand. „Das ist so ein Männergerede."

Er gab ihr einen Klaps auf den Hintern, woraufhin sie sich umdrehte und stöhnte. Sie schaute ihn über ihre Schulter an und zog eine Augenbraue hoch.

„Auf die Knie und in die Mitte vom Bett, *Cariña*, damit du nicht auf dein Gesicht fällst, wenn du schwache Knie bekommst."

Sie lachte, wie er es sich gewünscht hatte, und er zog seine Hose aus, nachdem er das Kondom aus seiner Brieftasche nahm. Er rollte es über seine Erektion, sein Schwanz mehr als bereit, in ihrer hübschen, rosa Feuchte zu versinken.

Rafe glitt mit einem Stoß in sie hinein, und sie seufzten beide gleichzeitig, bevor er sich immer wieder in sie hineinstieß, seine Finger auf ihre Hüften. Er lehnte sich über sie, sodass seine Brust auf ihrem Rücken lag, während ihre Hüften ihm entgegenkamen.

„Küss mich, mein Schatz", flüsterte er.

„Meins", sagte sie, als sie ihren Kopf drehte.

„Deins." Er nahm ihre Lippen ein, als er hart und tief in ihr kam. Ihr Inneres verkrampfte sich um ihn, als sie mit ihm kam.

„Meins", sagte er zurück.

„Deins", flüsterte sie, ihre Stimme schwer, als sie gemeinsam auf das Bett sanken.

Sein Schwanz war immer noch in ihr, doch er war nicht bereit, sich zu bewegen. Er berührte ihre Wange und sie schaute noch einmal über ihre Schulter zu ihm, um ihn zu küssen. Ihre verschwitzten Körper lagen in einem Haufen, während ihre Atmung sich endlich beruhigte und er schwer schluckte, zu überwältigt von der Vergangenheit und der immer klarer werdenden Zukunft, um zu sprechen.

Das war es, was er all die Jahre gewollt hatte, und doch nicht gewusst hatte, dass er sich danach sehnte. Sassy gehörte ihm und Ian. Er betete, dass sie ihn nicht verlassen würde.

Nicht noch einmal.

Kapitel Sieben

IAN FUHR sich mit der Hand über die Brust und strich seine Krawatte glatt. Er hatte keine Ahnung, warum er sich in diesem Moment so steif und unbehaglich fühlte, aber es störte ihn. Er schloss für einen Moment die Augen und atmete tief ein. Wenn er sich nicht zusammenreißen konnte, würde er die anderen Gäste erschrecken. Mit seinem finsteren Blick und seinem noch finstereren Gesichtsausdruck wussten die meisten Leute, dass sie seinen Forderungen nachkommen mussten.

So hatte er sich die Leiter der gehobenen Immobilienbranche hinaufgearbeitet.

Das und der Name Steele.

Heute Abend würde er diesen Namen benutzen, um den gewünschten Tisch zu bekommen, aber er würde sein Bestes tun, um den finsteren Blick zu verlieren, denn er wollte Sassy nicht vergraulen.

„Ian? Kommst du?"

Er blinzelte die Zweifel weg, die sich einzuschleichen schienen, wenn er sie am wenigsten wollte, und wandte sich seinem Date zu. Seiner Sassy.

Es war ihm egal, ob sie abgeschnittene Jeans, ein wallendes Hippie-Kleid oder gar nichts trug. Ian liebte das Aussehen seiner Frau.

In diesem Moment jedoch machte ihre Schönheit ihn so benommen, dass er dachte, er würde ohnmächtig werden.

Sie speisten an diesem Abend in einem der schöneren Restaurants in New Orleans, und sie hatte sich offenbar für eine formelle Kleidung entschieden. Ihr langes, schwarzes Kleid umschmeichelte ihre Kurven an allen richtigen Stellen, und der Herzausschnitt betonte ihre Brüste, ließ sie aber nicht billig aussehen.

Nein, es gab nichts Billiges an Sassy, und das liebte er an ihr.

Sie hatte ihr Haar offen gelassen. Rafe hatte ihm erzählt, dass sie versucht hatte, ihr Haar hochzustecken, als sie seine Eltern besucht hatten, und er es heruntergenommen hatte. Ian wusste, dass sie es dieses Mal für ihn offen gelassen hatte, was ihn nicht nur überraschte, sondern dazu führte, dass er sich wieder in sie verliebte.

Ihr wildes Haar hatte eine schwarze Strähne, die zu ihrem Kleid passte – unauffällig für das, was sie normalerweise damit machte, aber es gefiel ihm trotzdem. Rafe hatte erwähnt, wie sexy sie aussah, als er ihr die Haare heruntergelassen hatte, und Ian wusste, dass sie damit irgendwann einmal spielen mussten.

Im Moment ging es jedoch nur um Ian und Sassy. Sie waren zwar ein Dreiergespann, aber sie bestanden auch aus drei gekoppelten Beziehungen, wodurch es notwendig war, dass sie nicht zu dritt nur Zeit verbrachten, sondern auch in Zweisamkeit.

Es war nicht so, dass er einen der beiden mehr mochte als den anderen, Ian wusste nur, dass er beides brauchte. Er brauchte Zeit mit Sassy und auch Rafe. Wenn die drei zusammen waren, war es, als hätten sie all die Teile zu einem fertigen Puzzle zusammengesetzt, das nur sie verstanden.

Kompliziert traf es nicht einmal ansatzweise, aber das war ihm egal.

Ian liebte die beiden, und er würde verdammt

sein, wenn er noch einmal weggehen und alles verlieren würde.

„Ian, was ist heute Abend mit dir los?“

Er schüttelte den Kopf, nahm er ihre Hand in seine und führte sie an seine Lippen, bevor er einen sanften Kuss auf ihre Finger drückte und lächelte.

„Tut mir leid, Liebling. Ich scheine heute Abend nicht aus meinem eigenen Kopf herauszukommen.“

Sie standen vor seinem Auto, wo der Parkwächter mit ausgestreckter Hand neben ihnen stand. Ian schenkte dem jüngeren Mann ein kühles Lächeln und nickte, als er ihm seine Schlüssel gab, bevor er Sassys Arm in seinen einhakte. „Jetzt lass mich dich erst mal reinbringen, bevor ich hier die ganze Nacht rumstehe.“

Sie sah ihn stirnrunzelnd an, folgte ihm aber. „Du kannst so viel träumen, wie du willst, Ian, aber wenn du heute Abend lieber zu Hause bleiben willst, können wir gehen.“

Da war etwas in ihrem Ton, das eine Erinnerung auslöste, und er verfluchte sich selbst. Früher, wenn er sich emotional zurückgezogen hatte, hatte er sich distanziert verhalten und in seinem eigenen Kopf eingeschlossen. Wenn er nicht aufpasste, würden Sassy und Rafe denken, dass er wieder dasselbe tat.

Es war nicht einmal annähernd die gleiche Denkweise für ihn, aber er verstand ihre Ängste. Es mochte ihn ärgern, dass sie ihm nicht trauten, bei ihnen zu bleiben, aber er konnte es ihnen nicht verdenken.

Die Bedienung setzte sie wie gewünscht an einen Tisch in einer der abgeschiedenen Ecken. Mit einem Nicken zu der Frau zog er Sassys Stuhl zurück und half ihr, sich zu setzen.

„Ich hätte das auch allein machen können, aber ich mag es irgendwie, wenn du dich mir gegenüber wie ein Kavalier benimmst."

Ian grinste und genoss die Tatsache, dass sie, egal was sie trug, immer noch Sassy war.

„Du magst es vielleicht ein wenig, wenn ich mich altmodisch verhalte, aber wenn ich noch mehr tun würde als das, was ich gerade getan habe, hättest du meine Eier in kürzester Zeit in einem Schraubstock."

Sie zwinkerte, ihre Augen voller Lachen. „Verdammt richtig."

Ihr Kellner brachte die Weinkarte und erzählte ihnen von den Spezialitäten. Ian war es egal, was er an diesem Abend aß, denn er wusste, dass alles gut schmeckte, und solange Sassy seine Tischnachbarin war, würde er den Abend haben, den er wollte.

Er hob eine Augenbraue in Sassys Richtung. „Möchtest du alle Spezialitäten bestellen und dann heimgehen?"

Sassys Augen weiteten sich ein wenig, bevor sie lächelte. „Klar, das macht die Sache einfach."

Der Kellner nickte und ging, während Ian einen Schluck von seinem Wasser nahm. „Warum hat es so ausgesehen, als hätte ich dich mit unserer Bestellung überrascht?"

Sie runzelte die Stirn, als sie über ihre Worte nachdachte und leckte sich über die Lippen. „Ich möchte nicht, dass du einen falschen Eindruck bekommst von dem, was ich gleich sagen werde."

Er runzelte die Stirn. „Du musst mir nie etwas vorenthalten."

„Ich weiß das, oder zumindest denke ich, dass ich es jetzt weiß. Damals, als wir das erste Mal zusammen waren, hast du dir eine Weile Zeit gelassen, um dein Essen auszusuchen, als ob es für dich genau richtig sein musste oder so. Als wir hier reingekommen sind, habe ich ein paar Anzugträger in deine Richtung schauen sehen, um ihre Anwesenheit zu bestätigen, aber du hast nicht reagiert. Du hast die ganze Zeit nur mich angeschaut. Versteh mich nicht falsch – ich liebe es, dass es dir verdammt nochmal egal zu sein scheint, was andere denken. Aber es ist anders, als du früher warst."

Ian runzelte die Stirn weiter. Er wusste, dass sie recht hatte, aber er mochte den Mann nicht, der er einmal gewesen war, wenn es das war, was sie dachte. „Bin ich in den letzten Wochen so gewesen?"

Er hatte nicht gedacht, dass er sich so dramatisch verändert hatte, seit er sie wiedergetroffen hatte. Ja, er *war* in den letzten zehn Jahren erwachsen geworden, aber dies war nicht das erste Mal, dass sie alleine ausgegangen gegangen waren.

Sassy schüttelte den Kopf und griff nach seiner Hand. „Nein, du bist großartig gewesen, Ian. *Ehrlich.* Ich habe es jetzt nur erwähnt, weil mir aufgefallen ist, wie anders du bist. Nicht schlecht anders, nur … Ich weiß nicht." Sie seufzte. „Ich mag dich, Ian. Ich mochte den alten Ian, aber ich mag auch den neuen Ian."

Er verschränkte seine Finger mit ihren und lächelte. „Ich mag dich auch, Sassy. Sowohl dein altes Ich als auch das neue. Sowas passiert halt, wenn wir erwachsen werden, schätze ich. Wir finden heraus, ob unsere neuen Persönlichkeiten so zusammenpassen wie die alten." Bilder davon, wie sexy sie aussah, wenn sie auf eine bestimmte Weise zusammenpassten, füllten seinen Geist, und er hielt ein Stöhnen zurück.

„Ich weiß, was du denkst, und, ja, wir passen auch so zusammen." Sie zwinkerte, als er den Kopf zurückwarf und lachte.

Er konnte die Blicke der Leute um sie herum spüren, aber es war ihm egal. Diese Frau gab ihm das Gefühl, etwas Besonderes zu sein, und zwar nicht für das, was er für sie tun konnte. Er hatte sie vor all den Jahren auf eine Weise geliebt, die er nicht für möglich gehalten hatte, aber jetzt war es noch tiefer.

Gott sei Dank.

„Ian, ich dachte mir, dass Sie das sind."

Ian wandte sich der tiefen Stimme zu, die gesprochen hatte, und schenkte dem Mann ein kleines Lächeln. Dean war ein Freund seines Vaters, und obwohl der Mann immer erträglich gewesen war, gehörte er nicht zu seinen Lieblingsmenschen.

„Dean", sagte Ian, als er aufstand. Er warf einen Blick auf Sassy, die über diese Unterbrechung genauso verärgert schien wie er. Es war eindeutig ein Date und sie waren mitten in einem Gespräch gewesen. Aber Leute wie sein Vater – wie Dean – kümmerten sich nicht um Dinge wie Rücksichtnahme.

„Ich habe gehört, dass Sie wieder in die Stadt gezogen sind." Der Mann blickte nicht einmal in Sassys Richtung, und Ian hob lediglich eine Augenbraue.

„Darf ich Ihnen meine Begleitung vorstellen? Das ist Sassy." Er hielt seine Hand nach Sassy aus, die von selbst aufstand.

Sie hielt Dean ihre Hand entgegen, der blinzelte und sie dann schüttelte. „Schön, Sie kennenzulernen, Dean", sagte sie höflich.

„Sie auch, meine Liebe", sagte er, offensichtlich nicht ganz sicher, was er von ihr halten sollte. Schließlich war Sassy anders als alle, mit denen Ian in New York ausgegangen war. Während die Eisköniginnen, die er in der Stadt geduldet hatte, platinblond und fast zerbrechlich gewesen waren, war Sassy üppig und sah verdammt lecker aus.

Es gab nur eine Sassy.

„Arbeiten Sie mit Ian oder seinem Vater zusammen?", fragte sie, scheinbar aufrichtig interessiert.

„Ich arbeite mit Richard, ja, aber ich hoffe, dass wir auch ein paar Geschäfte zusammen machen können, da Ian wieder in der Stadt ist."

Sassy lächelte, ihre Augen warm. „Mit Ian kann man nicht falsch liegen."

Dean lächelte zurück, komplett verzaubert. „Das weiß ich. Es tut mir leid, dass ich Sie beim Essen gestört habe, und ich hoffe, Sie genießen Ihren Abend weiterhin. Ian, wenn Sie sich eingerichtet haben, rufen Sie mich an. Ich würde gerne in einem … angemesseneren Rahmen reden."

Sie verabschiedeten sich und setzten sich wieder. „Tut mir leid", sagte er, als die Bedienung ihr Essen brachte.

Sassy winkte ihn ab. „Mach dir nichts daraus. Es war ja nicht so, als ob du ihn hättest ignorieren können, und er hat nicht direkt gesagt, dass ich nicht die Richtige für dich bin, also ist alles in Ordnung."

Ian hob eine Augenbraue. „Und wenn ich deinen Nachnamen gesagt hätte, hätte er zwei und zwei zusammengezählt und herausgefunden, wer du wirklich bist."

Sie zuckte mit den Schultern, aber er konnte sehen, wie der Funke in ihren Augen erlosch. *Verdammt nochmal.* Er hätte es nicht erwähnen sollen.

„Wie auch immer, ich bin nicht mehr dieses Mädchen und das wissen wir beide verdammt genau. Er hat mich wenigstens nicht wie Dreck unter seinem Fuß oder eine Nutte betrachtet."

Ian schnaubte. „Baby, du siehst nicht aus wie eine Nutte."

„Ich bin nicht so elegant wie die anderen Frauen hier, aber das ist mir egal."

Er hielt ihre Hand und führte sie an seine Lippen. „Glaubst du, das kümmert mich? Ich liebe dich und Rafe, Sassy. Das weißt du doch." Er hatte beides geflüstert, aber es war ihm egal, ob ihn jemand hören konnte. „Sassy, ich gehe nirgendwo hin. Egal, was passiert. Ich habe denselben Fehler schon einmal gemacht, und ich werde ihn nicht wiederholen."

„Und wenn Leute wie Dean wegen unserer Beziehung ausflippen?"

„Zur Hölle mit ihnen."

„Ian", flüsterte sie, bevor sie den Kopf schüttelte.

„Ernsthaft. Sie werden sich an uns gewöhnen, und wenn nicht, dann können sie mich mal. Solange sie dir und Rafe nicht wehtun, ist mir egal, was außerhalb unserer Beziehung passiert."

„Das kannst du nicht ernst meinen, oder?"

Er ließ einen Atemzug aus. „Ich werde nirgendwo hingehen. Du wirst mir nicht wirklich glauben, bis du es siehst, warum essen wir also nicht und gehen dann für den Nachtisch zu mir?"

Ihr Blick wurde so heiß, dass er seine Hose zurechtrücken musste. „Wow, ich hatte eigentlich Karamelleis gemeint, aber mir gefällt, wo deine Gedanken gerade waren."

Sassy hüpfte in ihrem Sitz. „Karamelleis? Können wir beides haben?"

Die Vorstellung, die süße Mischung von ihren Nippeln zu lecken, erfüllte seinen Fantasie, und er hustete. „Soll ich einfach nach der Rechnung fragen?"

„Jetzt, Süßer, oder ich renne hier raus und du musst mir folgen."

Der Kellner kam, sobald er gerufen wurde, und Ian ließ genug Bargeld da, um die Rechnung und noch einiges mehr zu bezahlen. Sie machten sich auf den Weg zu seinem Auto und stiegen ein, bevor er in einem Höllentempo zu seiner Wohnung fuhr. Er hielt seine Augen und Hände absichtlich fern von Sassy, sonst hätten sie es nicht in einem Stück geschafft.

Als sie es nach oben und hinter verschlossenen

Türen geschafft hatten, keuchten beide. Er war sich sicher, dass sein Schwanz einen dauerhaften Abdruck seines Reißverschlusses haben würde.

„Wir benehmen uns wie Jugendliche", keuchte Sassy, als sie ihm das Hemd auszog, bevor sie sich beide selbst auszogen. Ian schmunzelte, als er bemerkte, dass ihre Hände zitterten.

„Wieso können wir uns nicht beherrschen? Es ist, als sei etwas im Wein gewesen", murmelte er und presste seinen Mund auf ihren. Er war unfähig, noch länger zu warten.

Sie gab ihm einen Klaps auf den Hintern und er zog sich zurück. „Hast du gerade gesagt, du brauchst Drogen, um für mich hart zu werden?" Sie hatte ein Grinsen im Gesicht, aber man verärgerte die Sassy nicht.

Er packte ihren Arsch und hob sie an, sodass sie ihre Beine um seine Taille schlang. Sie schluckten beide hart, als sein Schwanz gegen ihre Mitte drückte.

„Ich will damit sagen, dass *du* meine Droge bist, Baby. Ich werde dich jetzt runterlassen, denn dich so ohne ein Kondom zu halten, war unachtsam von mir." Er ließ sie runter, aber sie glitt langsam an seinem Körper entlang, und er musste tief Luft holen, um sie nicht vorzubeugen und sie an Ort und Stelle zu ficken. „Außerdem habe ich dir Eiscreme versprochen." Er gab ihr einen Klaps auf den Hintern und grinste. „Jetzt leg dich im Schlafzimmer auf den Boden, ich bin gleich da."

Sie hob eine Augenbraue. „Du willst das Risiko eingehen, deine teuren Teppiche zu ruinieren?"

Wie schlecht sie von ihm dachte…

Nein, wie schlecht sie von dem dachte, der er *einmal* war. „Das wird sauber, Sass. Wenn ich meine Karten richtig ausspiele, werde ich jeden Tropfen von deinen Nippeln lecken, also wird es kein Problem sein. Leg dich hin und spreiz die Beine. Ich bin bereit für meinen Nachtisch."

Ihre Augen weiteten sich, bevor sie nackt und mit einem frechen Grinsen in sein Schlafzimmer stolzierte. Ian holte tief Luft. Er wollte die Kontrolle nicht verlieren, die er sich erarbeitet hatte, und ging zum Gefrierschrank, um Sassys Lieblingseis zu holen.

Als er im Schlafzimmer ankam, lag sie bereits auf dem Boden, ihr Haar um sie herum ausgebreitet. Sie berührte ihre Brüste mit einer Hand, während sie die andere über ihre Schamlippen gleiten ließ. Ihre Hüften wippten im Takt seiner Bewegungen.

Bei diesem Anblick hätte er den Eisbecher und die Löffel fast fallen lassen.

Es gab nichts Aufregenderes als eine Frau, die genau wusste, was sie wollte, und die wusste, dass sie keinen harten Schwanz brauchte, um es zu bekommen…

Doch als sie seinen Schwanz sah, lächelte sie und zwinkerte.

„Hat ja lange genug gedauert", säuselte sie.

Er fiel auf die Knie, nahm den Deckel vom Eis und schöpfte einen kleinen Bissen heraus. Bevor sie ihm sagen konnte, was sie wollte, ließ er das Karamell auf ihren Bauchnabel tropfen – überhaupt nicht sexy, aber sie hatte ihn schließlich angestachelt.

Sie wölbte ihren Rücken und hauchte: „Heilige Scheiße, ist das kalt."

„Lass mich dich aufwärmen." Ian leckte die Creme auf, damit ihr nicht zu kalt wurde. Sie stöhnte, als er sich zurückzog und einen kleineren Tropfen des schmelzenden Desserts auf ihre Brüste schmierte und sie dann verschlang. Der süße Geschmack ihrer Haut vermischte sich mit dem Karamell und ergab eine dekadente Kombination, die so berauschend war wie eine Droge.

Sie spielten mit dem Eis und leckten und

kosteten abwechselnd, bis sie satt waren. Er fand, dass ihr Rücken die beste Stelle für eine Kugel war, und er würde sicherstellen müssen, dass er Rafe später informierte.

„Ich bin ganz klebrig“, sagte Sassy, als sie beide keuchten. Keiner war gekommen und ihr andauerndes Vorspiel hatte sie verdammt heiß gemacht.

„Ich hole ein Kondom und dann sorgen wir dafür, dass du nicht noch klebriger wirst.“

Er lachte, als er aufstand, während sie die Nase rümpfte und ihren Kopf schüttelte. „Das war heftig, aber es gefällt mir.“

Als er zu zurückkam, schob er das Kondom über seinen Schwanz und ergötzte sich an der Art, wie ihr Blick die Bewegung verfolgte. In der Tat schien es ihr zu gefallen, ihn zu beobachten.

„Steh auf, wende dich dem Spiegel auf der Kommode zu, und halt dich am Rand fest“, befahl er.

Sie grinste und tat wie befohlen, bevor er von hinten an sie herankam und seine Hände neben ihre legte, sodass er sie gut greifen konnte, aber nicht erdrücken würde.

„Bereit, Liebling?“, flüsterte er und küsste die kleine Stelle hinter ihrem Ohr. Sie zitterte in seiner

Umarmung und er drückte sich gegen sie, sodass sein Schwanz zwischen ihre Beine glitt.

Sie beugte sich leicht für ihn und er versank in ihrer Hitze. Er bewegte seine Hände so, dass er ihre Hüften greifen konnte und zog sich zurück. Ihre Blicke trafen im Spiegel aufeinander und er grinste sie an.

„Ich bin bereit, Ian. Ich bin zu allem bereit."

Gott, er hoffte es, aber er wollte in diesem Augenblick keine Zweifel den Moment verderben lassen.

Ihre Blicke ließen einander nicht los, als er in sie hineinstieß, und ihre Atmung synchronisierte sich, während er das Tempo erhöhte.

Seine Eier spannten sich an, sein Steißbein kribbelte, und er wusste, dass er gleich kommen würde.

Er griff nach oben und umfasste ihre Brust, während sie sich über die Lippen leckte, bevor sie gleichzeitig kamen. Ihr Stöhnen hallte im Raum wider, als er das Kondom füllte.

Er konnte es nicht erwarten, sie ohne ein Kondom zu füllen, aber das war für später.

In diesem Moment hatte er die Frau, die er liebte, in seinen Armen, seinen Schwanz in ihr, und ihren Körper an seinen gepresst. Das musste erstmal genügen und er betete, dass es eines Tages mehr sein würde. Dass sie ihn nicht verlassen würde und ihm vertraute, dasselbe zu tun.

Er schüttelte die melancholischen Gedanken ab und küsste sie sanft. „Meins", flüsterte er.

„Deins und meins", keuchte sie zurück.

„Deins, Sassy. *Immer deins.*"

Kapitel Acht

„ARBEITET SASSY HEUTE ABEND?", fragte Rafe, obwohl er dachte, dass er die Antwort bereits kannte, da sie nicht mit ihnen im Loft war.

Ian saß auf der Couch neben ihm, seine Krawatte offen, und er sah mächtig sexy und zerzaust aus. Er nahm einen Schluck von seinem Bier und lehnte den Kopf zurück. „Sie schließt heute Abend mit Shep ab, bevor er sie mit zu sich nach Hause nimmt, damit seine Shea und Sassy einen Mädelsabend machen können. Sein Cousin Austin ist wieder in der Stadt, und sie gehen aus, damit die Mädchen etwas Zeit für sich haben."

„Das stimmt", sagte Rafe und nahm einen Schluck von seinem eigenen Bier. „Er hat uns auch eingeladen, oder?"

„Ja, aber ich habe für uns abgelehnt, weil ich weiß, wie schwer es für uns war, uns an den Umzug zu gewöhnen."

Rafe schloss die Augen. Sein Kopf schmerzte wie verrückt nach dem Tag, den er gehabt hatte. Sein Vater leitete immer noch den Laden in New Orleans, obwohl Rafe ihn schon vor Jahren aufgekauft hatte. Ihm gehörten auch die anderen beiden in der Kette, die er gegründet hatte. Zwei dominante Männern funktionierten in einem Arbeitsbereich nicht so gut, wie er gehofft hatte.

Er war vor Sassy und Ian geflohen, nur um am Ende trotzdem ein Jahrzehnt lang in Ians Nähe zu leben. Er war zurück nach New Orleans gekommen, um aufzuhören, vor seinen Problemen wegzulaufen. Als er weg war, stellte er sicher, dass er sich von seiner Familie fernhielt, weil er sie beschämt hatte.

Oder zumindest dachte er das…

Verdammt. Seine Eltern zeigten viel mehr Toleranz und Akzeptanz, als er es ihnen zugetraut hatte. Das an sich hätte ihn noch mehr für seine mangelndes Vertrauen beschämen sollen, aber Sassy hatte es ihm nicht durchgehen lassen.

Sie hatten sich entschieden, weiterzuziehen und ihre eigene Zukunft zu finden, aber die Arbeit mit seinem Vater wurde zu einem ganz eigenen Problem. Sein alter Herr hatte nicht dieselben Visionen wie Rafe. Er akzeptierte es, dass sein Vater sich nie ändern würde, aber er wusste auch, dass manche Dinge trotzdem anders sein mussten..

Er würde es ausarbeiten oder einen neuen Laden eröffnen, wenn es sein musste. Egal, was kam, er würde nicht weglaufen wie früher. Damals war er jung und dumm gewesen.

Rafe war älter und hoffte, dass er schlauer war.

Es gab einen dominanten Mann in seinem Leben, und alles schien an dieser Front reibungslos zu laufen.

Er beugte sich vor und lehnte seinen Kopf an Ians Schulter, der sich so bewegte, dass er seinen Arm bequem um Rafe legen konnte.

Rafe atmete den Sandelholzduft ein, der so… Ian war.

„Was war denn dein Plan für die Nacht?", fragte Rafe, seine Stimme ein wenig schläfrig. Es war schön, mit dem Mann, den er liebte, auf der Couch zu sitzen.

Sie saßen einfach da, starrten ins Leere und fühlten sich zufrieden. Ian fuhr mit einem Finger über Rafes Schulter, bewegte sich aber sonst nicht.

Die berauschende Spannung im Raum stieg.

„Ich habe an nichts anderes gedacht, als einfach zu Hause zu bleiben. Ich bin zu müde, um rauszugehen und so zu tun, als würde ich mit Zwanzigjährigen mithalten können."

Rafe musste grinsen. Ian war schon immer ein Stubenhocker gewesen und benahm älter als seine Jahre, wenn es um Partynächte ging, aber er wollte das nicht erwähnen, da sie sich gut verstanden und einfach den Abend genossen.

Sie saßen noch etwa zehn Minuten schweigend da, bis Ian sich bewegte, wodurch Rafe sofort aufrechter saß. Ian ließ einen Atemzug aus, legte seine Unterarme auf die Oberschenkel und senkte den Kopf.

Rafe runzelte die Stirn und fuhr mit einer Hand über Ians Rücken. „Was ist los?"

„Was machen wir hier?"

Vier Worte.

Nur vier Worte und Rafe fühlte sich, als hätte man ihm den Wind aus den Segeln genommen. Er blinzelte, unsicher, was er sagen sollte. Dem Tonfall von Ians Stimme und der Haltung seiner Schultern nach zu urteilen, wusste Rafe, dass sie nicht darüber sprachen, was es zum Abendessen gab.

Nein, das war das Gespräch, vor dem Rafe

Angst gehabt hatte, obwohl er dachte, sie hätten es schon gehabt…

Jetzt war er sauer. „Was zum Teufel meinst du, Ian?"

Ian drehte sich zu ihm um, seine Augen groß. „Warum bist du wütend? Ich will wissen, wie es weitergeht, damit ich weiß was Sache ist." Ian stand auf und fing an, hin- und herzugehen. „Scheiße, Rafe. Hast du gedacht, ich würde wieder verschwinden? Hast du wirklich geglaubt, dass ich nach all dem, was ich gesagt und getan habe, abhauen würde?"

Rafe stellte sich so hin, dass sie Nase an Nase standen. „Du bist vorhin verdammt nochmal abgehauen!"

Schmerz wölbte sich in Ians Augen, bevor er sie schloss. „Fick dich, Rafe. Ich dachte, das hätten wir hinter uns. Habe ich dir irgendeinen Grund gegeben, zu denken, dass ich nicht hier war?"

Er kniff die Augen zusammen, sagte aber nichts. Ihm fiel nichts ein, und das ärgerte ihn mehr, als er zugeben wollte. Seine eigenen Unsicherheiten verfolgten ihn. „Ian-"

Sein Geliebter hob die Hand. „Nein, lass mich reden. Ich weiß, dass ich nicht so oft lache und lächle wie du und Sassy. Ich weiß, dass ich am

Rande bin und nur… da zu sein scheine, aber ich mag es so, Rafe. Ich mag es, euch beiden zuzusehen, wie ihr Witze macht und über die seltsamsten Dinge lacht. Ich mag es, zu wissen, dass ich da bin, auch wenn ich nicht immer bei allem dabei sein muss."

Himmel, Rafe war ein Arsch. „Ian, du bist immer mit dabei. Ich weiß, dass du hier bist. Scheiße, es tut mir so verdammt leid. Ich weiß nicht, was mit mir los ist." Und jetzt klang er wie ein Teenager.

Ian verzog seine Lippen zu einem kleinen Lächeln, bevor er den Kopf schüttelte. „Ich werde nirgendwo hingehen, Rafe. Ich habe schon so viele Fehler gemacht, und wir alle wissen das. Ich hatte solche Angst davor, was meine Eltern darüber denken würden, dass ich nicht nur einen Mann liebe, sondern einen Mann *und* eine Frau gleichzeitig. Ich war so verdammt dumm, weil ich nicht das getan habe, was in meinem Herzen war, sondern das, was alle anderen von mir erwarteten."

Rafe bewegte sich nicht und sprach nicht, weil er wusste, dass es für Ian wichtig war … für alle.

Ian umfasste Rafes Gesicht. Seine starken Hände waren wie ein Anker, der seinen treibenden Verstand festhielt.

„Du und Sassy seid mein Ein und Alles. Das wart ihr schon damals, auch wenn ich es nicht verstanden habe. Ich muss wissen, was das hier langfristig bedeutet. Wir waren verrückt, einfach so bei Midnight Ink aufzutauchen, so wie wir es getan haben, und ein neues Leben mit Sassy anzufangen, ohne mit ihr darüber zu reden. Wir haben unsere Zukunft in die Hände genommen, anstatt abzuwarten."

Rafe drehte seinen Kopf, um Ians Handfläche zu küssen. „Ich weiß. Im Nachhinein hätten wir es ein bisschen anders angehen können."

Ian grinste. „Ach was. Es ist zwei Monate her, dass wir zurückgekommen sind, um unser Leben hier aufzubauen. Ich gehe nirgendwo hin. Das musst du glauben, sonst wird nichts, was ich tue, jemals genug sein, Rafe."

„Gott, ich bin ein verdammtes Arschloch."

Ian grinste. „Ja, das bist du, aber ich liebe dich."

„Ich liebe dich auch."

Ian senkte den Kopf und fing Rafes Lippen in einem heftigen Kuss ein. Als er sich löste, lehnte er seine Stirn gegen Rafes. „Wir gehen es langsam an, Rafe." Das erntete ihm ein Schnauben. „Naja… So langsam, wie es geht, da wir ja schon miteinander schlafen."

Rafe grinste. „Nun, wir haben eine gemeinsame Vergangenheit, also ist es nicht *so* langsam.“

„Ich bin zu allem bereit, Rafe. Ich bin dabei, und ich weiß, dass du das auch bist, sonst hättest du nicht so viel Angst davor, was passieren könnte.“

„Das weiß ich. Wirklich. Ich hatte nur eine Panikattacke oder so einen Scheiß.“

„Wenn du mir nicht vertraust, wird es verdammt schwer sein, weiterzumachen. Ich weiß, dass ich es in mancher Hinsicht verdiene, aber ich bin hier, und ich hoffe bei Gott, Sassy ist es auch.“

Rafe schloss die Augen. „Wir müssen ihr denselben Vertrauensvorschuss geben.“

„Ich weiß, aber dir wird auffallen, dass wir beide einander zwar gesagt haben, dass wir uns lieben, und Sassy auch, aber sie hat die Worte nicht ausgesprochen.“ Der Schmerz in Ians Augen war zu schwer zu ertragen, und Rafe küsste ihn sanft.

„Ich habe es bemerkt.“

Ian zog sich zurück und schüttelte den Kopf. „Schau uns an. Wir sind seit zwei Monaten zusammen, haben den besten Sex unseres Lebens und eine Verbindung, die etwas bedeutet, und trotzdem haken wir nach, weil Sassy noch nicht gesagt hat, dass sie uns liebt.“

„Bei ihr kommt es auf die Worte an.“

„Und das ist es, was so verdammt weh tut, weil ich nicht weiß, ob sie es jemals sagen wird. Es ist so viel einfacher, zu dem zurückzukehren, was sie vor unserer Wiederkehr getan hat, als sich den Prüfungen zu stellen, die uns bevorstehen, wenn die Welt es herausfindet.“

Egozentrik war nicht die Ursache für Ians Angst.

Er arbeitete in einem sehr öffentlichen Bereich, und die Leute um ihn herum hatten bereits Kommentare fallen lassen, dass er sich mit einer geheimen Frau namens Sassy traf. Es war nur eine Frage der Zeit, bis sie das mit Rafe herausfanden… und wer Sassy war. Sie verheimlichten es nicht aus Angst, aber dadurch hatten sie zugelassen, dass sich eine Reihe neuer Probleme einschlich.

Sie würden mit damit fertig werden, und Rafe wusste, es würde sich lohnen.

Er betete nur, dass Sassy ebenso fühlte.

„Ich werde sie nicht dazu drängen, etwas zu sagen, was sie nicht meint, oder falls sie nicht bereit ist, es uns oder sogar sich selbst gegenüber zuzuge-ben“, sagte Ian.

„Was willst du damit sagen?“, fragte Rafe. Er wusste, was er wollte – Gelübde, Babys und eine Möglichkeit, zusammen zu arbeiten und zu leben.

Die Welt konnte sich für ihre Vorurteile ficken. Sie taten niemandem weh mit dem, was sie hatten, also mussten sich alle anderen einfach damit abfinden.

Wenn Rafes Familie kein Problem damit hatte, dann war ihre größte Hürde überwunden. Ian scherte sich einen Dreck um seine eigenen Eltern. Sassy ebenso. Ihre wahre Familie bei Midnight Ink hatte kein Problem mit Dreierbeziehungen, da es in ihrem Kreis bereits eine gab.

Ian fuhr mit dem Daumen über Rafes Wange. „Ich will alles, Rafe, genau wie du. Ich verdiene es vielleicht nicht, aber ich will es trotzdem. Ich weiß nicht, wie es weitergeht, aber wir werden einen Weg finden."

„Was uns drei betrifft, ist einfach mehr Kommunikation nötig, wenn du mal darüber nachdenkst."

Ian rollte mit den Augen. „Ja, darin sind wir nicht die Größten."

„Und mehr Sex, da wir zu dritt sind."

Ian warf den Kopf zurück und lachte – für Rafe einer der erotischsten Klänge überhaupt. „Wir sind verdammt gut darin."

Ian zog ihn an sich und Rafe legte seinen Kopf auf seine Schulter. Sie standen eine Weile schweigend da, während ihre Körper sich in einem Takt bewegten, den nur sie hören konnten.

„Es wird alles gut", flüsterte Ian.

Rafe schloss seine Augen und drückte ihn. „Ja, das wird es."

Das Einzige, worüber sie in diesem Moment keine Kontrolle hatten – und auch keine Kontrolle haben *wollten* –, war Sassy. Sie war eine Kraft für sich selbst.

So sehr er und Ian einander auch liebten, wusste Rafe, dass es ohne Sassy nicht dasselbe sein würde. Sie war diejenige, die sie zusammenhielt und ihr Leben vervollständigte.

Sie hatte sie nicht verlassen, aber war sie voll dabei?

Er wusste es nicht, aber er würde ihr Zeit geben.

Rafe und Ian würden es beide tun, denn sie war ihr Mittelpunkt.

Sie mussten einfach sicherstellen, dass sie das wusste.

Kapitel Neun

„IST ES ANDERS, mit zwei Typen zusammen zu sein?" Sheas Augen weiteten sich, als sie sich die Hand vor den Mund schlug und den Kopf schüttelte. „Ich kann nicht glauben, dass ich das gerade gefragt habe", murmelte sie hinter ihrer Hand.

Sassy fuhr sich mit der Hand durch die Haare und ihre Armreifen klimperten, als sie versuchte, nicht zu lachen.

„Schatz, du gehörst zur Familie. Du darfst solche Fragen stellen", neckte Sassy.

Shep, die Liebe ihres Lebens und einer von Sassys besten Freunden, trat hinter Shea und legte ihr die Hand auf die Schultern. „Sassy, Liebes, wenn sie zur Familie gehört, solltest du vielleicht nicht über Sex reden. Und Shea… Baby, ich bin der einzige Mann, den du brauchst."

Shea wurde tiefrot und lehnte sich an ihn. „Du bist mehr, als ich an den meisten Tagen bewältigen kann, aber ich mag diese Herausforderung sehr gern."

Sassy grinste, als Shep sie in einen heißen Kuss zog und zerzaust, hochrot und verdammt sexy aussehen ließ. Es hatte einfach etwas Heißes und Niedliches an sich, ein verliebtes Paar – oder einen verliebten Dreier – zu sehen und zu wissen, dass das auch etwas für sie sein könnte.

Oh, sie war noch nicht so weit, zu sagen, dass sie ihr Glück gefunden hatte, aber sie war definitiv auf dem richtigen Weg.

Sie hielt ihre Gefühle absichtlich vor Ian und Rafe geheim, schließlich waren sie erst seit ein paar Monaten wieder zusammen. Sie hatten noch Zeit, ihren Rhythmus zu finden und zu erforschen, wie jedes Teil ihres speziellen Puzzles zusammenpasste. Das hieß aber nicht, dass sie nicht darüber nachgedacht hatte.

Gott, an manchen Tagen fühlte es sich an, als wäre es das *Einzige*, woran sie dachte.

Aber die Dinge liefen gut. Großartig sogar. Sie

hatte Momente mit jedem ihrer Männer und Momente mit beiden zur gleichen Zeit.

Es war ihr nicht entgangen, dass sie ständig an Ian und Rafe als *ihre* Männer dachte.

Genau das waren sie.

Sie gehörten ihr genauso wie sie ihnen gehörte.

Shep wandte sich wieder seinem Notizblock zu, um an einem Entwurf für Shea zu arbeiten, und ließ sie und Sassy über ihr Lieblingsthema reden.

Ihre Männer.

Natürlich musste Sassy ans Telefon gehen und all die anderen dreißigtausend Dinge erledigen, die zu den Aufgaben einer Rezeptionistin gehörten, aber heute war zum Glück ein eher ruhiger Tag. Die meisten Künstler arbeiteten an anstehenden Projekten, und nur zwei Kunden saßen auf den Stühlen und ließen sich tätowieren. Das Summen der Nadel war nur ein sanftes Brummen, das über Sassys Wirbelsäule glitt.

Oh ja, es war auf jeden Fall Zeit für eine neue Tätowierung.

Vielleicht würde sie sich das stechen lassen, was Rafe und Ian gewollt hatten, als sie vor ein paar Monaten das erste Mal in den Laden gekommen waren. Es war kaum zu glauben, dass es erst zwei Monate her war, seit sie reingekommen waren und sie zu Tode erschreckt hatten. Gott, sie liebte die beiden, auch wenn sie noch nicht bereit war, es ihnen zu sagen.

Irgendetwas hielt sie zurück. Sie wusste nicht, was es war, aber sie war einfach noch nicht so weit, es sie wissen zu lassen.

„Woran denkst du, dass du so ein ernstes Gesicht machst?", fragte Shea und riss Sassy aus ihren Gedanken an die Liebe und ihre Männer.

Sie schüttelte nur den Kopf und lächelte. Es hatte keinen Sinn, über Sachen zu sprechen, die sie nicht einmal in ihrem Kopf vollständig formulieren konnte. Sie würde lieber über die guten Dinge reden. Sex. Die Tatsache, dass Shep und Shea bald heiraten würden.

Naja, mit bald war innerhalb des nächsten Jahres gemeint, aber das war immer noch ziemlich cool.

„Freust du dich schon auf dein neues Tattoo?", fragte Sassy und wechselte das Thema. Shea zog eine Augenbraue hoch, sagte aber nichts deswegen.

„Shep hat gerade mein erstes Stück fertigge-stellt, aber er plant schon Nummer zwei. Ich denke, es wird noch eine Weile dauern, bis ich dazu komme. Ich will sichergehen, dass ich nicht verrückt werde und zwölf Tattoos in zwölf Monaten bekomme."

Sassy legte den Kopf schief. „Wenn es kleine wären, dann wäre das eine ganz gute Werbung."

Shea rollte mit den Augen. „Oh Gott. Schau, was ich ausgelöst habe."

Sassy grinste und wandte sich der Empfangstheke zu, damit sie sich diese Idee aufschreiben konnte. Jemand hatte die Morgenzeitung auf ihrem Notizblock liegen lassen, und als sie diese wegschob, fiel ihr etwas auf.

„Die Bordeaux-Hure ist wieder in der Stadt. Was sagt Papi wohl dazu?"

Sassy blinzelte, als das Summen in ihren Ohren lauter und lauter wurde. Sie öffnete den Mund, um zu sprechen, aber es kam kein Wort über ihre Lippen. Sie legte ihren Finger auf die Spalte der Gesellschaftsseite und leckte sich über die Zähne.

„Sassy? Was ist los? Du bist ganz blass. Geht es dir nicht gut? Shep!"

Sie hörte Shea rufen, aber ihr Stimme kam aus der Ferne und bewegte sich immer weiter weg.

Sie hatten es herausgefunden.

Jemand hatte herausgefunden, wer sie war und in welcher Verbindung sie mit Ian stand. Sie blickte auf die Worte.

Hure, Schwule und *Dreier*, standen hervor und sie musste sich fast übergeben.

Sie wussten sogar von Rafe.

Starke Hände drehten sie herum, und sie sah Shep in die Augen, ohne ihn zu sehen.

„Sassy? Was ist los, Kleine? Sprich mit mir. Austin, hol ihr etwas Wasser.“

Sassy hatte vergessen, dass Sheps Cousin Austin wieder in der Stadt war.

Sie durfte nicht vergessen, ihn wegen seiner Tattoos zu ärgern, wie sie es immer tat. Das heißt, falls sie jemals wieder klar denken könnte…

Oder diesen Leuten wieder gegenübertreten konnte.

Gott, was würden sie tun, wenn sie herausfanden, dass sie sie die ganze Zeit über angelogen hatte?

„Oh mein Gott, Sassy“, keuchte Shea neben ihr und Sassy schloss ihre Augen.

Verdammt nochmal! Sie hatte den Artikel gesehen.

„Schatz, diese Vivian ist so ein verdammtes Arschloch, und ihre Klatschspalte ist das Letzte. Shep und mich hat sie da auch reingesetzt, als unsere Beziehung ganz frisch war. Wegen meinem Vater. Mach dir keine Sorgen. Das geht irgendwann vorbei.“

Sassy spürte Sheas Hände auf ihrem Rücken, aber sie konnte nicht sprechen. Sie konnte nur daran denken, was sie tun und wen sie schützen musste. Das war ihre Aufgabe.

Sie war *die* Sassy.

Sie würde alles aufgeben müssen, um sicherzustellen, dass es Rafes Familie, Ians Leuten und ihrer Crew – *allen* – gut ging.

Sie hatte keine andere Möglichkeit.

Egal, wie skandalös es für das Goldmädchen Shea war, mit einem tätowierten Künstler auszugehen, es war nichts im Vergleich zu der abtrünnigen Bordeaux-Prinzessin, die sich in einer Dreierbeziehung mit einem der begehrtesten Junggesellen der Vereinigten Staaten und einem anderen Mann wiederfand, der den gesellschaftlichen Kreisen ihrer Eltern nicht standhielt.

Darauf würden sie sie reduzieren.

Es spielte keine Rolle, dass sie Ian und Rafe liebte, oder dass die beiden mehr waren als ein Etikett. Nichts spielte eine Rolle in der Welt, in der sie aufgewachsen war. Diese Welt, die sie so verzweifelt hinter sich lassen wollte.

Die gehobene Gesellschaft war das Einzige, was in dieser Welt zählte.

Die ultimative Sünde zu leben, würde Ian und Rafe schaden.

Das konnte sie nicht tun.

Egal, was sie von sich selbst dachte, sie würde die Männer, die sie liebte, nicht verletzen.

Scheiße.

Tränen stiegen in ihren Augen auf, aber sie kämpfte sie zurück. Sie würde nicht vor ihren Freunden zusammenklappen, vor ihrer Familie, die sie durch Bindungen geschaffen hatte, von denen sie hoffte, dass sie stärker waren als Blut.

„Scheiße, Sassy! Hier draußen ist ein Kamerateam, das mit dir reden will", sagte Austin hinter ihr, woraufhin sie versuchte, ein Schaudern zu unterdrücken. „Ich hab die Türen abgeschlossen. Midnight Ink ist ein Privatgrundstück, und sie können sich ins Knie ficken."

„Ich muss hier raus", flüsterte sie gebrochen.

Alles in ihr war kaputt.

Shep fuhr ihr mit der Hand durch die Haare, aber sie spürte es kaum.

Sie spürte kaum etwas…

„Okay, Schatz. Wir bringen dich hier raus."

Sie schüttelte den Kopf und zog sich zurück, als sie die Blicke ihrer Freunde spürte. Menschen, die sie liebte, gingen auf sie zu und wollten helfen, aber sie konnte es nicht zulassen. Konnte es nicht ertragen.

„Ich will alleine sein. Ich würde durch die Hintertür verschwinden, aber ich hab mein Auto nicht dabei."

Austin warf ihr seine Schlüssel zu und sie fing sie auf, ohne nachzudenken. „Das ist mein Mietwagen. Nimm ihn. Ich fahre einfach mit Shep zurück. Kein Problem."

„Austin, ich denke nicht, dass sie jetzt Autofahren sollte", ermahnte Shea ihn.

„Ich glaube, sie ist stärker als jeder einzelne von uns. Wenn sie weg will, müssen wir sie lassen", konterte Austin.

Gott, selbst ein Mann, den sie erst seit ein paar Monaten kannte, hielt sie für stärker, als sie es wirklich war. Sie hoffte, dass sie diesen Erwartungen gerecht werden konnte, denn sie war im Begriff, etwas zu tun, das ihr alles abverlangen würde.

„Sassy", sagte Shep, und sie blinzelte aus der Benommenheit heraus, in der sie sich befand. „Reiß dich zusammen. Ich weiß, dass du das kannst. Du musst weg? Okay, dabei können wir dir helfen. Aber du darfst nicht losfahren und dir wehtun, weil du in Gedanken verloren bist. Hast du mich verstanden?"

Sie nickte, dankbar für ihre Familie. „Ich komme schon klar", log sie.

Sassy würde sich nie mit dem abfinden, was sie tun musste, aber sie würde es trotzdem tun. Stärke kam nicht von den einfachen Entscheidungen, sondern von den sehr schwierigen, zu denen sie jetzt gezwungen war.

„Wir halten hier Stellung", sagte Shep. „Du kannst uns später alles erzählen. Wir werden nicht schnüffeln." Sie küsste ihn auf die Wange und rannte durch die Hintertür.

Sie konnte keine Reporter in der Nähe sehen, aber sie vertraute nicht darauf, dass sie ihr nicht auflauern würden. Sie schaltete ihr Gehirn auf Autopilot, als sie zu Rafes Werkstatt fuhr. Ian würde auch dort sein. Es war sein freier Tag, und er half Rafes Familie aus und pflegte die Beziehungen, nach denen sie sich so sehnte. In einer Stunde wollten sie zu dritt essen gehen, und dann würde Ian den Nachmittag damit verbringen, ihre Familie bei Midnight kennenzulernen.

Zumindest war das der Plan gewesen.

Nicht mehr.

Ein paar gehässige Worte in der Zeitung hatten das ruiniert.

Sie fuhr in die Werkstatt und stellte den Motor ab.

Die Tränen waren immer noch nicht geflossen. Es war, als stünde die Zeit still, während sie beobachtete, wie sich alle um sie herum bewegten, als sei nichts passiert. Als wäre ihre Welt nicht gerade in Millionen von winzigen, irreparablen Stücke zerbrochen.

„Sassy? Sind wir zu spät?", fragte Rafe mit ein Lächeln auf dem Gesicht. Er hatte Ölflecken auf seinem Overall und sah so stark aus, als könne er sie allein mit seinem Willen halten.

Nicht genug.

„Baby?" Ian kam in Jeans und T-Shirt gekleidet aus dem anderen Raum, was ihn lässiger aussehen ließ, als sie ihn je gesehen hatte. Er sah aus, als würde er in die Familie passen.

Etwas, an dem sie nie teilhaben würde…

„Was ist los?", fragte Rafe, während er auf sie zukam.

Sie trat einen Schritt zurück, als er versuchte, nach ihr zu greifen. Der Schock und der Schmerz in seinem Gesicht waren wie ein Schlag auf die Brust, aber so musste es sein.

„Können wir irgendwo unter vier Augen sprechen?" Sie konnte sehen, wie Rafes Vater in die

Werkstatt kam, aber sie konnte ihm nicht gegenübertreten, während sie im Begriff war, ihn und seine Familie wieder zu enttäuschen.

Gott, sie hatte das schon einmal getan, um damals ihr eigenes Herz zu schützen.

Nein, dieses Mal musste sie ihre Männer beschützen.

Das war der Unterschied.

Es musste so sein.

„Ja, wir können nach hinten gehen", sagte Rafe, und die Angst in seiner Stimme schoss direkt durch sie hindurch.

Seltsam, sie hatte gedacht, ihre Gefühle wären jetzt schon taub.

Sie folgte den beiden und stellte sich zwischen sie, wohl wissend, dass dies das letzte Mal sein würde, dass sie es tat.

„Habt ihre heute die Zeitung gelesen?", fragte sie emotionslos. Wenn sie jetzt zusammenbrach, würde sie nicht mehr aufhören und die Worte nicht mehr herausbekommen können.

„Noch nicht", sagte Ian. „Ich habe die Schlagzeilen auf der ersten Seite gelesen, aber den Rest nicht angeschaut. Was ist los, Sassy?"

Sie schüttelte den Kopf. „Schau in die Klatschspalte, wenn sich die Gelegenheit bietet. Oder lass es. Sie wissen Bescheid.“

Rafe blinzelte. „Wer weiß was?“

„Alle. Sie wissen es alle. Sie wissen, dass die Bordeaux-Hure in einer Dreierbeziehung steckt, und die abtrünnige Prinzessin eine Schande für ihre Familie ist.“

Ians Gesicht verdunkelte sich. „Was? Was hast du gerade gesagt?“

Sie schüttelte den Kopf. „Es ist unwichtig. Du wirst alles darüber lesen. Was sie geschrieben haben? Es ist nicht wahr, und das wissen wir. Aber es ist unwichtig. Was wichtig ist, ist, dass wir Menschen verletzen, wenn wir zusammen sind. Ian, du wirst so viel verlieren, wenn du das durchziehst, und du auch, Rafe. Deine Familie ist vielleicht einverstanden mit dem, was wir tun, aber werden sie es auch sein, wenn sie von meiner Vergangenheit verfolgt werden und der Zukunft, die wir uns ausgedacht haben,?“

„Scheiß auf die Welt, Sass“, knurrte Rafe. „Wir haben das schon einmal durchgemacht. Wir lassen dich nicht gehen.“

Sie schüttelte den Kopf. „Wir haben das noch nie gemacht. Ich habe mein Leben damit verbracht, herauszufinden, wer ich bin, und wenn ich bleibe und die Menschen verletze, die ich liebe, weil ich etwas wollte, das ich nicht haben kann, dann habe ich auch mich selbst verloren.“

„*Nichts* an dem, was wir sind, ist falsch“, flüsterte Ian.

Sie schloss ihre Augen fest, um die Tränen zu unterdrücken. „Ich weiß das. Ich *weiß* es. In meinem Kopf waren wir nie ein Tabu. Ich habe nie gedacht, dass etwas falsch daran ist, zwei Männer zu lieben, und das ist es nicht. Es ist die Tatsache, dass andere wegen dem, was ich will, verletzt werden. Das ist es, was mich umbringt. *Das* ist der Unterschied. Wenn ich euch beide lieben könnte, ohne dass es den Menschen schadet, die wir lieben, würde ich die Chance ergreifen. Aber ich darf nicht egoistisch sein.“

„Jetzt aufzugeben ist keine Lösung“, sagte Rafe, seine Stimme hart.

„Es jetzt zu beenden, macht mich vielleicht zum Feigling, aber es rettet die Menschen um uns herum. Ich war glücklich, bevor ihr zurückgekommen seid, und vielleicht – nur vielleicht – kann ich das wiederfinden. Wenn nicht, dann habe ich es von vornherein nicht verdient.“

Die erste Träne fiel und Sassy wusste, dass ihr die Zeit davonlief. „Ich liebe euch beide. Ich hoffe, ihr wisst das, aber ich kann nicht etwas weiterleben, das uns allen in der Zukunft nur wehtun wird."

Keiner der beiden Männer sprach. Ihre Gesichter waren hart, als sie nickte.

So.

Sassy hatte es also geschafft. Sie hatte alles kaputt gemacht.

Schon wieder.

Sie machte auf dem Absatz kehrt, stieg in Austins Mietwagen und fuhr davon.

Die Tränen liefen jetzt in Strömen, aber sie fuhr weiter, ohne zu wissen, wohin.

Zu Hause war zu viel. Zu viel Rafe. Zu viel Ian.

Denn so sehr andere sie auch für stark hielten, sie wusste, dass es eine Lüge war.

Egal, wie stark sie sich verhielt, und egal, was sie tat, um allen in ihrem Leben zu helfen, sie war schwach.

Die Sassy war nicht für ein Happy End bestimmt.

Kapitel Zehn

„DU LÄSST SIE EINFACH GEHEN?", bellte Rafes Vater, als Ian tief Luft holte.

Er nickte Rafe zu und drehte sich zu dem Mann, der eines Tages sein Schwiegervater sein würde, wenn Ian ein Wörtchen mitzureden hatte. „Nein, das tun wir nicht. Sie braucht Zeit zum Durchatmen, aber sie kann uns nicht verlassen, wenn sie uns gerade erst gesagt hat, dass sie uns liebt."

„Perfektes Timing, verdammt nochmal", fluchte Rafe.

„Pass auf deine Ausdrucksweise auf, *Niño*."

Rafe knurrte neben ihm und Ian knirschte mit den Zähnen.

„Das ist nur wegen dieser Zeitung passiert, also lasst uns nachsehen, was sie gelesen hat, damit wir es in Ordnung bringen können."

Rafe stellte sich vor ihn, als er einen Schritt in Richtung Büro machte. „Es in Ordnung bringen? Wie sollen wir das denn anstellen? Verdammt, Ian, wir haben sie einfach gehen lassen."

Ian nahm Rafes Gesicht in seine Hände. „Und wenn wir sie zum Bleiben gezwungen hätten, hätte sie uns verflucht. Wir werden uns um die tatsächlichen Probleme kümmern – die Medien und wer diese Geschichte durchsickern lassen hat –, und alles regeln, bevor wir sie suchen. Das hätten wir schon vor zehn Jahren tun sollen, und wir werden denselben Fehler nicht noch einmal machen."

Ian würde sich nicht so wie früher verhalten.

Er ließ sich Sassys Worte immer und immer wieder durch seinen Kopf gehen und konzentrierte sich auf die, die bedeuteten, dass sie eine Chance auf eine Zukunft hatten. Sie hatte ihnen vorher nie direkt gesagt, dass sie sie liebte, aber die Worte waren jetzt ausgesprochen und sie konnte sie nicht zurücknehmen.

Sie konnte nicht ewig davonlaufen.

Als er die Klatschspalte aufschlug, stieß er einen Brüller aus. Rafe sprang auf und sah über seine

Schulter, bevor er einen besonders deftigen Fluch losließ, der Ian in seiner Heftigkeit überraschte.

„Gott, wie boshaft das ist", flüsterte Carlos. „Wer würde Sassy so etwas antun?"

Ian knirschte mit den Zähnen. „Sie waren kleinkariert und grausam und haben gesagt, sie sei eine Enttäuschung für ihre Familie. Schau, wie sie Rafe und mich nur kurz erwähnen."

„Der Angriff ist speziell auf sie gerichtet", sagte Rafe.

„Und wer würde ihr am meisten wehtun wollen und hätte die nötigen Beziehungen, um das zu erreichen?"

„*Scheiße!* Dieser verdammte Wichser."

„Ihr Vater?", fragte Carlos und ignorierte den Ausbruchs seines Sohns. „*Mierda.*"

Ians Brauen hoben sich zur Bestätigung, als er Rafe ansah und ausatmete. „Lass uns ein für alle Mal mit ihm abrechnen. Er war immer im Hintergrund unserer Beziehung, und wir haben ihn ignoriert, weil ihr unsere Reaktion schaden könnte. Aber jetzt werden wir das in Ordnung bringen."

„Glaubst du wirklich, dass sie einverstanden wäre, wenn wir hingehen und das Problem für sie lösen?"

Ian schüttelte den Kopf. „Nein, sie wird es

hassen. Sie sollte sich ihm stellen, aber nicht, bevor sie wirklich dazu bereit ist. Wenn wir wollen, dass unsere gemeinsame Zukunft funktioniert, dann müssen wir sicherstellen, dass dieser Bastard kein Teil davon ist. Er muss wissen, dass er nicht einfach auftauchen und sie verletzen kann. Der einzige Grund, wieso er über uns Bescheid weiß, ist, weil ich bin, wer ich bin, und wegen den Leuten, die mir folgen. Genau das werde ich nutzen, um ihn zu zerstören."

„Und wenn sie es uns das übelnimmt, dass wir uns darum kümmern?"

Ian schüttelte den Kopf. „Dann kann sie auch ihren Vater konfrontieren… Im Moment ist das etwas, das *wir* tun müssen. Dieser Scheißkerl ist nur ein Teil von dem, was ihr zu schaffen macht, und wenn wir ihr zeigen, dass wir das bezwingen können, dann kann sie es endlich sehen. Wir tun es nicht nur für sie, wir tun es für *uns*."

Er war nicht rational. Egal, wie sehr Sassy ihren Vater konfrontieren wollte, es würde nicht sofort passieren. Dieser Idiot war auf lange Sicht nicht wichtig genug, und Ian würde tun, was er konnte, um sicherzustellen, dass er überhaupt nicht mehr wichtig war.

Sie stiegen in Ians Auto und fuhren zu dem Anwesen der Bordeaux Familie auf der anderen Seite der Stadt. Er war noch nie dort gewesen, obwohl er aufgrund seiner familiären Verbindungen eingeladen worden war. Die Steele und Bordeaux Familien passten in der Welt der Snobs perfekt zueinander. Zu schade, dass Ian und Sassy sich so kennengelernt hatten, wie sie es wollten, und nicht so, wie ihre Eltern es sich gewünscht hatten.

Er fuhr ans Tor heran und ließ sein Fenster herunter.

„Kann ich Ihnen helfen?", fragte der Wachmann.

„Sagen Sie Donald Bordeaux, dass Ian Steele hier ist, und dass er uns reinlassen soll. Sofort."

Die Augen des Wachmanns weiteten sich bei der Erwähnung von Ians Nachnamen, und er kraxelte zurück zum Telefon. Ian kurbelte sein Fenster hoch und umklammerte das Lenkrad wie eine Rettungsleine.

„Manchmal hilft so ein Name ungemein", sagte Rafe, obwohl Ian die unterschwellige Wut und Angst hören und spüren konnte.

„Mein Name bereitet uns öfter Probleme, als dass er uns hilft, aber ich habe es satt, mir

Gedanken darüber zu machen, was andere denken. Dieser Mann soll wissen, dass er sich mit der falschen Familie angelegt hat. Mit den falschen Leuten. Danach werden wir zu Sassy gehen, und sie auf Knien anflehen, zurückzukommen. Ich bin es leid, zu warten."

Rafe schnaubte. „Klingt nach einem guten Plan. Einfach, prägnant und voll von ich-geb-keinen-scheiß."

Das Tor öffnete sich und Ian fuhr hindurch. Ein Butler kam zur Vordertür und nickte ihnen zu, als Ian vor dem pompösen Haus parkte. Während er sich für ein bescheidenes Loft entschieden hatte und plante, ein größeres Haus für sich und seine Geliebten zu kaufen, war Donalds Haus eine verdammte Monstrosität, die nach Reichtum und Privilegien stank.

Noch eine weitere Sache, die er an dem Bastard nicht ausstehen konnte.

Das ganze Gebäude triefte vor Geld, sah aber gleichzeitig billig aus. Sassy hatte mehr Klasse in ihrem kleinen Finger als dieses gesamte Anwesen und die Leute, die dort lebten.

Als die beiden durch das Haus marschierten, musste Ian darüber grinsen, wie sie angezogen waren. Statt seines üblichen Anzugs hatte er Jeans und ein T-Shirt an, während Rafe immer noch in seinem Arbeitsoverall war. Ihre derzeitige Garderobenwahl war nicht besonders machtorientiert, aber sie würde für das, was Ian vorhatte, ausreichen.

In einem Anzug konnte er im Handumdrehen Macht und absolute Kontrolle ausstrahlen, aber er schaffte es auch in Jeans und T-Shirt, seine gefährliche Wut und Kraft zu vermitteln.

Er ließ keinen Zweifel daran, dass er den Mann auslöschen würde, der versucht hatte, seine eigene Tochter zu vernichten.

„Guten Tag, Ian. Ich habe mich schon gefragt, wann Sie kommen würden." Donald schritt durch den Torbogen ins Foyer und musterte ihre Kleidung, bevor er sein Gesicht verzog.

Gut.

Bordeaux hatte den ersten Fehler gemacht und den Gegner unterschätzt.

„Du bist ein verdammtes Arschloch", knurrte Ian.

Donalds perfekte Augenbraue hob sich. „Sowas von dem Mann, der mit zerlumpter Kleidung neben einem Mann steht, der Ihr Mechaniker sein muss. Oder ist das Ihr Liebhaber?"

„Hör auf“, zischte Ian. „Du hast Sassys Namen an die Presse weitergegeben.“

Obwohl es keine Frage war, antwortete Donald trotzdem. „Diese kleine Schlampe dachte, sie könnte zurück nach New Orleans kommen und unseren Namen beschmutzen. Scheiß auf sie.“

Ians Körper bewegte sich, bevor sein Gehirn eingreifen konnte. Seine Faust knallte in das Gesicht des Idioten, bevor Donald hart zu Boden fiel.

„Nun, das hätte ich auch geschafft“, sagte Rafe trocken.

Ian zuckte mit den Schultern. „Du bekommst den nächsten.“

„Danke, Mann.“

„Sie Mistkerl!“ Donald rappelte sich auf und umklammerte seine offensichtlich gebrochene, stark blutende Nase. „Das werden Sie mir büßen.“

„Nein, werde ich nicht. Du hältst dich von Sassy fern, wirst einen detaillierten Widerruf *und* eine Entschuldigung in der Zeitung veröffentlichen, dich von Sassy, Rafe, mir und von den Familien fernhalten, die wir gegründet haben.“

„Und warum denken Sie, dass ich das tun werde?“

Ian beugte sich vor, sodass er nur Zentimeter von seinem Gesicht entfernt war. „Du hast vielleicht ein paar Dollar, aber ich habe Milliarden. Du hast vielleicht ein bisschen Macht in New Orleans, aber ich habe überall sonst mehr. Selbst wenn mich diese Beziehung die Leitung meiner Firma kostet, habe ich immer noch alles andere. Du hast nichts. Komm mir und denen, die ich liebe, noch einmal zu nahe und ich werde dich zerstören. *Komplett auslöschen.*"

Donald erbleichte ein wenig, als ihn die Wahrheit hart traf.

Rafe schob sich an Ians Seite und packte sein Kinn grob. „Und wo Ian nicht rankommt, da komme ich ran. Du denkst, ich bin Abschaum? Du hast nicht die geringste Ahnung, Arschloch."

„Oh, und fürs Protokoll: Sassy war die ganze Zeit über hier. Deine Tochter hat sich seit über zehn Jahren in ihrer eigenen Stadt versteckt und du hast es nie bemerkt, bis du dachtest, es könnte deinem Verkleidungsspiel als armes Opfer helfen. Fick dich und fick die Moral, die du zu haben glaubst. Halt dich fern oder ich jage dich wie das Schwein, das du bist."

„Verstanden?", fragte Rafe und Donald nickte.

Ian stieß den Mann weg und ging aus dem Haus. „Du kannst uns zu Sassys Wohnung fahren. Ich muss ein paar Anrufe erledigen." Er würde für ihre Zukunft sorgen. Egal, was es kostete. Er hatte das Geld, Privileg und die Verbindungen. Er musste nur ein paar Anrufe bei den Leuten machen, mit denen er arbeitete, und sie würden so viele Augen auf Donald richten, dass er sich den Arsch nicht mehr ohne ein Publikum kratzen würde.

Sassy war wichtiger als alles, was er jemals verlieren könnte.

„Glaubst du wirklich, dass sie dort ist?", fragte Rafe während der Fahrt.

Ian fuhr sich mit einer Hand durchs Haar. „Wir können dort anfangen. Ich werde nicht aufgeben, bis wir sie gefunden haben."

„Ohne Scheiß", schnaubte Rafe. „Ich kann nicht glauben, dass du ihren Vater geschlagen hast. Sie wird stinksauer sein."

„Nein, sie wird sich ärgern, dass sie es verpasst hat."

„Genau das meine ich."

Ian lächelte und legte seine Hand auf Rafes Knie. Er brauchte den Körperkontakt.

Gott, Sassy hatte sie verlassen. Bei allem, was passiert war, hatte er immer noch nicht begriffen, dass sie sie verlassen hatte.

Sie parkten vor Sassys Haus und stiegen aus. Beide hatte einen Schlüssel, und anstatt zu klopfen und zu warten, gingen sie hinein, unvorbereitet auf den Anblick, der sie begrüßte.

Sassy saß in der Mitte ihrer L-förmigen Couch, ihr Gesicht blass, Tränenflecken auf den Wangen, die Augen leer.

„Verdammt nochmal", flüsterte Ian und eilte zu ihr.

Sie sah ihn nur an und schloss die Augen. „Ich bin weggelaufen. Wie dumm bin ich eigentlich?"

Rafe kam an ihre andere Seite und zog sie an sich heran. „Das ist nicht dumm."

„Es war offenbar eine reflexartige Reaktion, und dann habe ich den Tag damit verbracht, zu weinen und zu euch zu wollen. Gott, ich bin wie ein verdammter Teenager."

Ian nahm Sassys Kinn zwischen seine Finger und zwang sie, seinen Blick zu erwidern. „Hör auf. Du bist kein Teenager. Du darfst weinen und kämpfen und dich aufführen, wie auch immer du willst. Jemand, dem du eigentlich vertrauen solltest und der dich lieben sollte, hat dich hintergangen."

Sie leckte sich über die Lippen und zog sich zurück. „Mein Vater, hm... Es ist mir erst klar geworden, nachdem ich euch verlassen habe."

„Schatz, du hast in deinem Schmerz an andere gedacht, und nicht daran, wer ihn verursacht haben könnte", sagte Rafe. „Du musst nicht alles auf einmal sein."

„Was habt du getan?", fragte Sassy.

Ian wurde rot. „Äh…"

„Oh Gott, seid ihr ohne mich zu ihm gegangen?"

Rafe starrte Ian an, aber er wusste, dass er den Dinge seinen Lauf lassen musste. „Ja, aber wenn wir das nächste Mal rübergehen, um ihn zu konfrontieren, führst du den Angriff. Ich verspreche dir, wir sind nicht hingegangen, um uns wie Neandertaler zu benehmen."

Rafe hüstelte und Sassy sah zwischen ihnen hin und her, bevor sie auf Ians geschwollene Fingerknöchel herabblickte. „Du hast ihn geschlagen, oder? Und ich war nicht einmal dabei!" Sie schlug ihm auf die Schulter, und Ian war erleichtert, als die Farbe in ihr Gesicht zurückkehrte. „Ich kann nicht glauben, dass ich verpasst habe, wie *Ian Steele* meinem Vater eine verpasst hat."

„Ich mach's gerne wieder, nur damit du zusehen kannst."

Sassy lächelte, wie er gehofft hatte, schlang ihre Arme um seinen Hals und zog ihn zu einem Kuss herunter. Er kam ihrem Wunsch nach. Er hatte das Gefühl vermisst, sie unter sich zu spüren. Sie zog sich zurück und tat dasselbe mit Rafe, bevor sie sich wieder umarmten.

„Ihr müsst euch nicht um meine Probleme kümmern."

„Hey, das war auch unser Problem", sagte Rafe.

„Ich habe deinem Vater gesagt, dass er es in den Medien geradebiegen soll, oder ich mache ihm das Leben zur Hölle. Du weißt, dass ich das tun kann."

Ihre Augen weiteten sich. „Ian, was ist mit deiner Firma? Was ist mit Rafes Familie? Mit Midnight? Es geht nicht nur um diesen einen Artikel. Wir könnten vielen Leuten schaden."

Ians Augen verengten sich. „Wie das? Die einzigen Menschen, die uns wichtig sind, lieben uns und stehen hinter unserer Beziehung. Nichts anderes ist wichtig."

„Aber Ian-"

„Sassy", unterbrach Rafe, „meine Familie kann damit umgehen. Sie wissen, dass es eine Weile ungemütlich werden könnte, wenn Leute anfangen, über uns zu reden. Sie sorgen sich nicht. Nicht wirklich. Und wenn sich etwas ändert, dann kann ich mich zurücklehnen und meinen Bruder und meinen Vater die Dinge regeln lassen. Meine Familie wird mich nicht verlassen, und unsere

Firma wird nicht untergehen, nur weil ich jemanden liebe."

„Und meine Firma und Angestellten sind finanziell abgesichert. Das wird kein Thema sein. Es ist gerade ‚in', in gewissen Kreisen anders zu sein, und das kann ich ausnutzen, wenn es nötig ist. Die Leute, denen ich vertraue, werden mich nicht verlassen, weil ich in einer Beziehung bin. Was meine Eltern angeht … Die mögen mich sowieso nicht, Sass. Nichts, was ich tue, wird das ändern, und es ist mir auch egal. *Ihr* seid meine Familie. *Du* und *Rafe*."

Ihre Augen füllten sich mit Tränen und sie blinzelte schnell. „Ich habe für heute genug geweint."

Ian nahm ihr Gesicht in beide Hände. „Okay, jetzt zum letzten Teil. Du hast deine Familie bei Midnight Ink gefunden, und diese Leute lieben dich. Sie halten zu dir. Egal, was passiert. Es gibt sogar eine verdammte Dreierbeziehung in der Gruppe. Ich denke, wir kommen schon klar."

Sassy wurde rot. „Ich weiß."

„Hör auf, gegen uns anzukämpfen Sassy", flüsterte Rafe. „Es ist okay, glücklich zu sein."

„Es ist okay, ein Risiko einzugehen", fügte Ian hinzu. „Riskier es, Sass. Für unsere Zukunft."

Sie biss sich auf die Lippe und blinzelte zu ihm

hoch. „Ich verspreche, dass ich nicht wieder weglaufen werde. Ich bin dabei. Es tut mir leid, dass ich weggelaufen bin.“

Ian schüttelte den Kopf. „Ich werde dir deinen hübschen Hintern versohlen, weil du mir solche Angst eingejagt hast, aber ich vertraue dir, Baby. Du darfst sauer sein wegen dem, was du liest, aber wir werden ab jetzt alles gemeinsam regeln.“

„Dafür sind wir doch da“, flüsterte Rafe.

Sassys Zunge streifte Ians, und er stöhnte auf. „Ich will euch“, flüsterte sie gegen seine Lippen.

„Immer“, antwortete er.

„Bring mich ins Schlafzimmer“, forderte Sassy, als Ian an ihrer Lippe knabberte.

„Ich dachte, ich sei das Alpha-Tier.“

Sie rollte mit den Augen. „Wenn ihr zwei noch nicht wisst, dass ich das Sagen habe, gibt es wirklich keine Hoffnung für euch.“

Rafe stand auf und brachte Sassy auf die Beine. „Das werden wir ja sehen.“ Er hob sie hoch und trug sie ins Schlafzimmer, während sie quietschte.

Ian nahm einen tiefen Atemzug und lächelte.

Endlich.

Sie gehörte ihnen.

Ian zog sein Hemd und seine Hose aus, während er sich auf den Weg ins Schlafzimmer machte. Er war überhaupt nicht überrascht, dass Sassy bereits nackt war, Rafe zwischen ihren Beinen saß und ihre süße Essenz kostete.

Ihre Hände griffen Rafes Haare, als sie ihn angrinste. „Ich hab's dir doch gesagt", flüsterte sie.

„Wirklich? Du hast dich im Griff?", fragte Rafe, dann stieß er drei Finger in sie hinein, weswegen sie sich gegen ihn drückte. „Gib mir das Gleitgel, Schatz."

Ian gluckste und holte die Flasche und ein paar Kondome aus dem Nachttisch. Er drückte ein paar Tropfen auf Rafes Hand und umfasste seinen Schwanz, während er Rafe dabei zusah, wie er ihren Arsch mit seinem Finger fickte. *Schön langsam…*

„Siehst du? Ich bin der Chef", murmelte Rafe gegen ihren Oberschenkel.

„Du hast gewonnen" Sassy keuchte.

„Nein, ich bin der Sieger", murmelte Ian, als er sich hinter seinen Mann stellte und sein eigener Finger zwischen Rafes Beine tauchte.

„Heilige Scheiße, ist das kalt!", rief Rafe.

„Ich wärme dich schon noch auf", versprach Ian.

Er umspielte Rafes Loch mit seinem Finger und drückte dann langsam dagegen, das Gefühl der

Enge berauschend. Er konnte es kaum erwarten, ihn um seinen Schwanz herum zu spüren.

„Das fühlt sich so gut an", stöhnte Rafe.

„Ich weiß genau, was du meinst", kam von Sassy.

Ian bearbeitete Rafe, bis er wusste, dass er bereit war, und rieb in kleinen Kreisen über die Lieblingsstelle seines Liebhabers.

„Noch nicht. *Scheiße!* Ich komme gleich, und ich bin noch nicht mal in Sassy."

„Dann los", neckte Ian.

„Dann… *los*? Gott, das fühlt sich gut an!", schrie Sassy, als Rafe in sie hineinglitt.

Ian packte Rafes Hüften, um ihn zu beruhigen. „Sag mir, wenn ich langsamer machen muss", sagte er und drückte seinen mit einem Kondom überzogenen Schwanz gegen Rafes Öffnung. Er stieß zu und der Druck gab nach, als er durch die Muskeln glitt.

Beide Männer – und Sassy – stöhnten auf, als Ian sich bewegte. Zentimeter für Zentimeter versank er in Rafe. Das enge Gefühl war so verdammt heiß, dass er wusste, er müsse vorsichtig sein, sonst würde er sofort kommen. Endlich, *verdammt nochmal*, war er bis zum Anschlag drin und bereit, sich zu bewegen.

„Bereit?" Ian biss die Zähne zusammen.

„Gott, ja", stöhnten Sassy und Rafe gemeinsam.

Ian zog sich zurück, und die Bewegung zwang Rafe, sich mitzubewegen. Ian gab das Tempo vor. Er stieß hart zu, bis seine Eier sich anspannten, und er sich zwingen musste, nicht zu kommen.

Sassy krümmte sich unter ihnen. Ihre Finger gruben sich in Ians Arme. Er liebte es, dass sie ihn berührte und sie in Körper, Seele und Zukunft verband.

„Ich komme", hauchte Sassy, als ihr Körper von einer tiefen Röte überzogen wurde. Ihre Brustwarzen wurden dunkel, während Rafe sich zurücklehnte und seinen Kopf auf Ians Schulter legte.

Ian stieß sich in den Mann unter ihm, damit er das Gleiche tun konnte, und Rafe schrie, als er sich um Ians Schwanz herum zusammenzog, während er kam. Ians Orgasmus folgte fast gleichzeitig. Sein Körper wurde schlaff, als er das Kondom mit seiner Essenz ausfüllte.

Ian zog sich zurück und legte sich neben Sassy, während Rafe auf ihrer anderen Seite lag.

Sie ruhten dort für ein paar Augenblicke, bevor beide Männer aufstanden, die Kondome entsorgten und dann mit warmen, angefeuchteten Handtüchern zurückkamen. Sie säuberten Sassy gemeinsam und einander, bevor sie die Handtücher in die Nähe des Wäschekorbs warfen und sich wieder zu ihrer Frau legten.

„Ich habe das vermisst", keuchte Ian. „Gott, habe ich das vermisst."

Sassy lachte zwischen ihnen und tätschelte ihre Oberkörper. „Das nächste Mal darf ich die cremige Mitte unseres Kekses sein. Dann Ian. Wir wechseln uns ab."

Ian schloss die Augen. „Ich glaube, ich brauche erstmal ein Nickerchen."

Rafe schnaubte. „Du wirst langsam alt, Mann."

Sassy griff nach unten und packte ihn, sein Schwanz wieder hart. „Ihr werdet beide bei einer einzigen Berührung hart. Keine Sorge, ihr könnt euch erholen. Wir werden uns nie trennen."

Ian drehte sich auf die Seite, damit er auf seine Liebhaber herabsehen konnte. „Niemals, Sassy. Ich werde euch niemals verlassen. Ich liebe euch."

„Ich liebe euch beide auch", sagte Rafe sanft.

Tränen füllten Sassys Augen, als sie lächelte. „Freudentränen. Ehrenwort. Ich liebe euch beide *so verdammt sehr*."

Ian holte tief Luft und nahm ihren Mund ein.

Darauf hatte er gewartet, und er wusste, dass

das, was passiert war, egal war. Solange sie diese Worte sagte, wäre alles in Ordnung.

Es wäre besser als in Ordnung.

Sie waren wieder zusammen.

Endlich.

Epilog

„JA, Liebling, eine Tätowierung schmerzt. Da musst du durch, Ian", neckte Sassy und legte sich auf ihren Bauch, während Shep ihren Hintern mit demselben Tattoo versah, das Caliph Rafe verabreichte, und Austin – ihr Gastkünstler für den Moment – auf Ians Haut stach.

Während Rafe lächelte, als Caliph das Tattoo auf seiner Hüfte einfärbte, schloss Ian immer wieder die Augen und biss die Zähne zusammen.

„Was ist los, Kumpel? Magst du es nicht, wenn jemand deinen Arsch anfasst?", schnaubte Caliph.

„Ich habe gewisse Präferenzen, danke", zischte Ian.

Austin warf den Kopf zurück und lachte. „Dann bin ich ja geschmeichelt, dass du dich dann von mir tätowieren lässt. Ich weiß, dass dein Arsch Rafe und Sassy gehört. Ich verspreche, deine Würde zu wahren.“

„Fick dich“, murmelte Ian.

„Ich glaube, wir hatten uns gerade darauf geeinigt, dass ich das nicht machen werde, Bruder, aber danke trotzdem. Du hast dieses riesige Stück auf deinem Rücken. Man könnte meinen, du wärst an Tattoos gewöhnt.“

Ian atmete aus. „Ich bin entspannt. Versprochen. Ich mag es nur nicht, wenn Sassy zusammenzuckt.“

Sassy grinste, als die Männer ein kollektives „Aah“ ausstießen. „Das ist ja süß. Ja, es tut weh, aber es ist okay. Sheps Hände sind magisch.“

„Er sollte besser nicht zu magisch sein“, warf Rafe ein.

„Fick dich, Chavez“, sagte Shep und bot ihm seinen Mittelfinger. „Lass Shea nicht hören, dass du das sagst, sonst tritt sie dir in die Eier.“

„Und da ich seine Eier mag, werde ich dafür sorgen, dass er sich nicht wie ein Idiot aufführt“, fügte Sassy hinzu. „Wie sieht's aus?“

Shep grunzte. Sie wusste, dass er nicht gerne darüber sprach, wie seine Arbeit war, bevor er fertig war. Er war in dieser Hinsicht temperamentvoll.

Austin, Caliph, Ian, Rafe, Shep und Sassy hatten gemeinsam ein Design entworfen, das für alle drei funktionieren würde.

Sie hatten endlich etwas Kleines, aber Perfektes gefunden – ein Ring aus Feuer, der mit Eis verzahnt war und eine rote Lilie umgab. Es war hauptsächlich schwarz, hatte aber subtile Farbschattierungen, sodass das Rot wirklich hervorstach. Sassy liebte es.

Es war perfekt.

Sie wollte die Tätowierung, denn schließlich waren Rafe und Ian deswegen überhaupt erst gekommen, und jetzt war sie ein Teil davon.

Weil sie keine Hochzeit planen konnten, bis sie die Details ihres eigenen Lebens und die rechtlichen Aspekte geklärt hatten, würde die Tätowierung ihr Versprechen aneinander symbolisieren.

Ihre Hingabe.

Sie drehte sich zu ihren Männern und lächelte.

Ihr zweites Leben begann bei Midnight Ink. Das würde sie nie vergessen.

Ihre zweite Chance auf ein wahres Happy End war nach zehn Jahren durch diese Türen geschritten.

Sie waren drei in einem. Vereinigt und verliebt.

Sie waren vereint und doch sie selbst.

Es gab wirklich nichts anderes auf der Welt, was sie sich hätte wünschen können.

Midnight Ink hatte ihr Liebe, Leben und Glück geschenkt.

Rafe und Ian waren ihr Mittelpunkt.

Dies war ihre Zukunft.

Die Sassy wusste alles immer am besten.

***

Der nächste Teil der Montgomery Ink Serie:
Delicate Ink – Tattoos und Überraschungen

Montgomery Ink Reihe:

Delicate Ink – Tattoos und Überraschungen
(Buch 1)
Tempting Boundaries – Tattoos und Grenzen
(Buch 2)
Harder than Words – Tattoos und harte Worte
(Buch 3)
Written in Ink – Tattoos und Erzählungen (Buch 4)

Novellas:

Ink Inspired - Tattoos und Inspiration (Buch 0.5)
Ink Reunited – Wieder vereint (Buch 0.6)

Und auch die folgenden Bücher von Carrie Ann Ryan werden in Kürze auf Deutsch erhältlich sein:

Aus der »Montgomery Ink Reihe«:

Written in Ink (Buch 4)

Ink Enduring (Buch 5)

Ink Exposed (Buch 6)

Inked Expressions (Buch 7)

Inked Memories (Buch 8)

Fallen Ink (Buch 9)

Restless Ink (Buch 10)

Jagged Ink (Buch 11)

Wrapped in Ink (Buch 12)

Sated in Ink (Buch 13)

Embraced in Ink (Buch 14)

Seduced in Ink (Buch 15)

Inked Persuasion (Buch 16)

Inked Obsession (Buch 17)

Ohne Titel

Biografie

Carrie Ann Ryan ist eine *New York Times* und USA Today Bestsellerautorin moderner und übersinnlicher Liebesromane. Außerdem schreibt sie Literatur für junge Erwachsene. Ihre Arbeit umfasst die »Montgomery Ink Reihe«, »Redwood Pack«, »Fractured Connections« und die »Elements of Five«-Reihe. Weltweit hat sie über vier Millionen Bücher verkauft.

Sie hat bereits während ihres Chemiestudiums mit dem Schreiben begonnen und hat seitdem nicht mehr aufgehört. Inzwischen hat Carrie Ann mehr als fünfundsiebzig Romane und Novellen fertiggestellt – und ein Ende ist nicht in Sicht. Carrie Ann wurde in Deutschland geboren und hat schon überall auf der Welt gelebt. Wenn sie sich nicht gerade in ihrer emotionalen und aktionsgeladenen Welt verliert, liest sie gern, während sie sich um ihr Katzenrudel kümmert, das mehr Anhänger hat als sie selbst.

Falls ihr über neue Bücher oder Rabattaktionen auf dem Laufenden bleiben wollt, könnt ihr euch gerne für Carrie Anns Newsletter anmelden.

Besucht Carrie Ann im Netz!

carrieannryan.com/country/germany/
www.facebook.com/CarrieAnnRyandeutsch/
twitter.com/CarrieAnnRyan
www.instagram.com/carrieannryanauthor/